ホテル・インフェルノ

リンダ・ハワード
氏家真智子 訳

RAINTREE: INFERNO
by Linda Howard
Translation by Machiko Ujiie

mira

RAINTREE: INFERNO

by Linda Howard

Published by K.K. HarperCollins Japan, 2019

ホテル・インフェルノ

おもな登場人物

ローナ・クレイ――――ギャンブラー
ダンテ・レイントリー――レイントリー一族の長。カジノ・ホテル経営者
ギデオン――――――ダンテの弟。殺人課刑事
マーシー―――――――ダンテの妹
アル・レイバーン―――カジノ・ホテル警備主任
ユダ・アンサラ――――アンサラ一族の長
カイル・アンサラ――――ユダの異母兄
ルーベン・マクウィリアムズ――カイルのいとこ
エリン・キャンベル―――アンサラ一族の能力者

1

日曜日

ダンテ・レイントリーは腕組みをして立ち、モニターに映し出された女を見つめていた。監視カメラの映像がカラーではなく白黒なのは、あふれる色彩に惑わされずに対象を観察するためだ。さっきから、その女の手の動きに注目していたダンテは、彼女の並はずれた冷静さが気になった。周囲に視線を向けることもなく、落ち着きはらってプレーしつづけている。カードにふれたのは、自分の手札を確認したときだけで、同じテーブルについているほかの客の存在は、まったく意識していないようだ。だが、実際はそうではないかもしれない。

「彼女の名前は?」ダンテはきいた。

「ローナ・クレイです」警備主任のアル・レイバーンが言った。

「偽名ではないのか?」

「本名だと確認できました」

もしまだ女の身元調査がすんでいなかったら、高給でアルを雇っているダンテは失望しただろう。

「最初は、配られたカードを一枚残らず覚えているのかと思いましたが、監視モニターで見るかぎり、勝負に全神経を集中しているようすはありません」アルが言った。

「そう見えないようにしているだけさ」ダンテはつぶやいた。ディーラーが配ったカードをすべて記憶し、残りのカードの組み合わせを考えて勝つのは、カジノでは不可能だとされている。とはいえ、この世には、ずば抜けた記憶力の持ち主がいる。そういう人間なら、何組のカードが使われようと、勝てる組み合わせの確率を頭のなかで計算することも可能なはずだ。

「わたしも初めは、無関心なふりをしているだけではと考えました」アルが言った。「しかし、この続きを見てください。彼女は知り合いらしき人物に声をかけられてふりかえり、親しげに言葉を交わしています。その間、自分の左側に座っている人々にどんなカードが配られたのか、まったく見ていません。自分の番になっても、よそを向いたままテーブルを指でたたき、ディーラーに新しいカードを配るよう合図している。結果は例によって例のごとく、彼女の勝ちでした」

ダンテは録画されたテープを巻きもどし、一度ならず二度までも見なおした。にもかかわらず、ローナ・クレイなる人物が不正を行っている証拠はひとつも見つからなかった。

「たび重なる勝利が不正行為によるものなら」アルは感心したような口ぶりで言った。「彼女は超一流のいかさま師でしょう」

「直観的に、どう思う?」ダンテは警備主任のアルに絶大な信頼を置いていた。三十年間、カジノで働きつづけてきたアルは、一目でいかさま師を見わける目を持っているという評判だった。そのアルがローナ・クレイをいかさま師と見なすなら、しかるべき手を打つつもりだった。そもそも、ローナ・クレイに不審な点がなければ、アルが上司のダンテに監視カメラの映像を見せることはなかったはずだ。

アルはダンテに問われ、顎をかきながら考えこんでしまった。彼はがっしりした体つきの大男だが、動作は機敏で、頭の回転も速かった。「不正行為がなかったとすると、彼女は世界一ラッキーな女性でしょう。なにしろ、ただの一度も負けたことがないのですから。一度に大金をせしめたわけではありませんが、総計すると、毎週五千ドルほど手に入れています。それだけではありません。彼女は帰りしなにスロット・マシンの前で足を止め、たった一ドルで五十ドルもの利益をあげて出ていくのです。といって、いつも同じマシンを使用しているわけではありません。監視をつけて共犯者を捜しましたが、それらしき人物は見当たりませんでした」

「彼女は今日ここにいるのか?」

「三十分ほど前にやってきました。いつものように、ブラックジャックをしています」

「ディーラーは？」

「シンディです」

シンディ・ジョセフソンは、きわめて腕のいいディーラーで、あらゆるいかさまを見破る鋭い目の持ち主だった。ダンテがこのカジノ・ホテル、〈インフェルノ〉をオープンした当初からのスタッフで、シンディの目をごまかすことは誰にもできないはずだった。

「ローナ・クレイをぼくのオフィスに連れてきてくれ」ダンテは即断した。「ほかの客の迷惑にならないよう、穏便にな」

「わかりました」アルは回れ右をして、カジノのありとあらゆる場所を監視しているモニターがずらりと並んだ警備センターを出ていった。

アルを送り出したあと、自分のオフィスへ向かったダンテは冷静だった。カジノでの不正に対処するのはアルの役目だが、この一件には、ダンテの興味をそそるものがあった。ローナ・クレイは、どうやって勝ちつづけているのだろう？　一流のいかさま師はめったにいない。とはいえ、ときとして、監視カメラや警備員の目をもあざむく伝説のいかさま師が登場することがあった。

勝負は時の運ともいう。負け続きだった人間が思いがけない幸運に恵まれて、とてつもない大金を手にすることもないわけではなかった。人々は一攫千金《いっかくせんきん》の夢を見てカジノにやってくる。だが、幸運とは、めったに訪れないものだ。よそ目には幸運をつかんだように見える人物が、ひそかに不正を働いていることのほうが多かった。運不運にかかわらず、この世には、ダンテのように特殊な能力を持って生まれた者もいる。とはいえ、そういった能力は、気まぐれな運命の女神が与えてくれるものではない。ダンテのような能力者はきわめて少ないので、ローナ・クレイの幸運は、巧妙ないかさまによってもたらされたものとしか考えられなかった。

彼女ほどの腕があれば、生活に不自由はしないはずだ。ダンテは頭のなかでざっと計算してみた。毎週五千ドル稼ぐとすると、一年で手にできる金額は二十六万ドルにもなる。一度に大金をせしめてカジノ側の警戒心を刺激しないよう、あちこち場所を変えて不正行為をくりかえしてきたにちがいない。

ダンテのオフィスの壁の一面は巨大な窓になっていた。まだカーテンを引いていないため、ドアを開けてオフィスに入った瞬間、屋根つきのバルコニーに出たような錯覚を覚えた。夕日が眺められるよう、オフィスの窓は西向きに設置されていた。今まさに沈もうとしている太陽の光が、空を紫とゴールドに染めている。山間部にある自宅の窓の大半は、昇る朝日が見えるように東を向いていた。ダンテには、日の出と日の入りを自分の目で見たいという欲求めいたものがあった。昔から、なぜか太陽に心を惹《ひ》かれるのは、炎を意のままに操る力を持って生まれたせいかもしれない。

体内時計で時刻を確かめた。太陽が沈むまで、あと四分。気象局が発表した日没時間を知らなくても、いつ太陽が山のかなたに姿を消すのか正確にわかった。朝起きるのに目覚まし時計を使う必要もない。なぜなら、ダンテには太陽の動きを敏感に察知する能力があるからだ。時間の経過を知りたければ、体内時計をチェックするだけでいい。起床するときは、起きようと思っていた時刻になると、自然に目が覚める。それはレイントリー一族に生まれたこととは無関係なので、ダンテもあえて秘密にしてはいなかった。毎朝、決まった時間に目を覚ます人間は、世間にいくらでもいる。

それ以外の能力は、他人に知られてはやっかいなものばかりだった。夏が来て、日照時間が長くなると、ダンテは原始的な欲求が爆発寸前の状態にまで高まるのを感じた。そんなときは、その場にいるだけでキャンドルの炎が大きく燃えあがったり、乾ききった草むらに視線を投げただけで山火事を起こしそうになったりするので、いつも以上に注意する必要があった。自分の不注意が原因で、大好きなリノの街を火の海にすることだけは避けなければならない。とはいうものの、太陽がぎらぎらと照りつける夏が来ると、そのエネルギーを全身で受け止めたい欲求に駆られるのも事実だった。

弟のギデオンは、身を焦がすほど熱いエネルギーを持つ稲妻と一体化することに快感を覚えるようだった。レイントリー一族の血をわずかでも受け継ぐ者は、なんらかの特殊能力を持っている。だが、大自然と密接なつながりを持ち、そのエネルギーを自在に操ることができるのは、一族のうちでも直系の子孫だけだ。

一族の血を最も濃く受け継いだ家に生まれたダンテは、実質的なリーダーである〝ドラニール〟でもあった。〝ドラニール〟は〝王〟という意味だが、その称号は形式的なものではなく、絶対的な力の象徴だった。ダンテは先代の長男として生まれた。その彼がドラニールの地位に就いたのは、単に先代の長男だからではなく、一族の長にふさわしい力を持っていたからだ。

ギデオンは兄のダンテにつぐ力を持っていた。ダンテが不慮の死をとげた場合や、一族の長にふさわしい力を持つ子供に恵まれなかった場合は、ギデオンが次のドラニールになるはずだった。ギデオンはそれがいやで、冗談めかした子孫繁栄のお守りを兄に定期的に送りつけるようになった。ダンテのオフィスのデスクの上には、今朝がた郵便で届いた子宝祈願のお守りが置いてある。兄弟が顔を合わせるたびに、ダンテはギデオンがお守りをどこかに隠していったのではないかと疑って、あちこち探し回らなければならなかった。

〝習うより慣れろ〟という諺《ことわざ》どおり、ギデオンの腕もあがったようだ。ここ数年のあいだに、ギデオンは数えきれないほどのお守りを作り、ダンテのもとへ送ってよこした。それらにこめられたパワーは、最初のころより強力になっていて、その形もバラエティに富んでいた。ギデオンは一目でお守りとわかる銀製のペンダントを兄に贈ったが、ダンテはお守りや魔よけを好んで身につけるタイプではなかった。小さくて目立たないお守りを新しい名刺に埋めこんで、ダンテのもとへ送りつけてきたこともある。兄が子孫繁栄のお守りが入っているとは知らずに新しい名刺を持ち歩くのを期待していたのだ。ダンテは名刺にこめられたパワーにすぐ気づいたが、その出所を突き止めるのに、さんざん苦労させられた。

やがてオフィスのドアをノックする音がした。いつも取り次いでくれる秘書は帰ったあとなので、隣室には誰もいない。「入りなさい」ダンテは沈む夕日を見つめながら言った。ドアが開いて、アルの声がした。「ローナ・クレイを連れてきました」

ダンテは全感覚をとぎすましてふりかえった。まず最初に彼の注意を引きつけたのは、あざやかな色の髪だった。ローナの髪は深みのあるダーク・レッドで――赤銅色からワインカラーにいたるまで、さまざまな色合いをおびていた。その髪を見ていると、燃える炎を眺めているような錯覚におちいりそうな気がした。

ダーク・レッドの髪の次にダンテの注意を引いたのは、ローナが全身からにじませている激しい怒りだった。

2

次の瞬間、さまざまな出来事が立て続けに起こった。極限まで感覚をとぎすましていたダンテのなかで、炎に対する本能的な衝動と欲望の大波がぶつかって、炸裂《さくれつ》するような感覚が全身に広がっていった。ダンテは強烈な感覚に圧倒されつつ、オフィスの奥に目を向けた。いくつものキャンドルにともされた火が、狂ったように躍っている。初めは小さかったキャンドルの炎が大きく燃えあがり、常識では考えられない光を放っていた。それに刺激されたのか、デスクの上に置いてあった子孫繁栄のお守りまでが、強烈なパワーを発散しはじめた。

いったいなにが起こったんだ?

だが、この現象を分析している暇はなかった。今すぐ自制しないと、オフィスが火の海になってしまう。血気さかんな思春期のころは別にして、持って生まれた力をこんなふうに暴走させたのは、初めての経験だった。

ダンテはどうにかして力の暴走をくい止めようとした。それは、たやすいことではなかった。巨大な雄牛を必死に乗りこなそうとするようなものだったが、表面上は平静をよそおっていた。解放を求めるエネルギーは、ダンテが自制しようとすればするほど激しく抵抗した。だが、ダンテは驚異的な自制心の持ち主だった。レイントリー一族の長になるには、持って生まれた力をコントロールできなければならない。自制心の欠如は破壊をもたらす――その結果、一族の存在が世間に知られることにもなりかねない。レイントリー一族が今まで生きのびてこられたのは、決して目立たず、普通の人々にまじって社会生活をいとなんできたからだった。

　幼いころから、ダンテは自分が持って生まれた力を制御するすべを学んできた。夏至が近づくと、いつもより自制心を働かせるのがむずかしくなりはするものの、これほどの醜態をさらしたことはない。ダンテは険しい顔をして意識を集中し、力の暴走を精神力で抑えこもうとした。その気になれば、キャンドルの火を消すこともできたが、あえてそうはしなかった。突然、キャンドルの火がひとつ残らず消えてしまったら、よけいな注意を引くことになる。

　ダンテの懸命の努力にもかかわらず、デスクの上に置かれた子孫繁栄のお守りだけは、脈打つようなパワーを発散しつづけていた。とはいえ、ローナ・クレイとアルには、ギデオンのお守りがまき散らしているパワーを感じることはできないはずだ。それでも、ダンテはデスクの上のお守りが気になってたまらず、ついそちらのほうへ視線を向けそうになった。あのお守りを作るため、ギデオンは今までにない力をそそいだようだ。今度あいつに会ったら、このお返しをしてやらなければ。これは冗談ですまされるようなことではない。ぼくと同じ目に遭えば、ギデオンにもそれがわかるはずだ。子孫繁栄のお守りを作れるのは、ギデオンだけではない。

ダンテはオフィスにあるすべてのキャンドルの炎が小さくなるのを待って、ローナ・クレイに注意をもどした。

ローナはふたたび、自分の腕をとらえているゴリラのような男の手をふりほどこうとして失敗した。それほどきつくつかまれているわけでもないのに、どうしてもふりほどけないのだ。痛い思いはさせまいとする相手の心遣いはありがたかったが、ローナは激しい怒りを感じると同時に、この場からなにがなんでも逃げ出したいという恐怖に駆られていた。

次の瞬間、身の毛がよだつような感覚が襲ってきて、生存本能を刺激した。オフィスの大きな窓の前で身じろぎひとつせずに立っている男が、ゴリラのような巨漢より、はるかに恐ろしい存在であることに気づいたのだ。

ローナは喉がふさがるような恐怖を覚えた。その男のなにがそんなに怖いのか、自分でもよくわからない。けれど、かつてシカゴの裏通りで、似たような感覚に襲われたことがあった。シカゴに住んでいたころ、ローナは毎晩、近道の裏通りを抜けて、ワンルームのみすぼらしいアパートメントに帰っていた。ある夜、いつものように裏通りに足を踏み入れたところで、なにかに警戒心を刺激され、その場に凍りついてしまった。通りの先にあやしい人影が見えたわけでも、不審な物音がしたわけでもない。にもかかわらず、なぜか足が前に進まなくなったのだ。心臓は早鐘のようにとどろき、息をするのもままならず、それから吐き気をもよおすほどの恐怖がこみあげてきた。ローナはゆっくりした足取りで大通りへ引きかえすと、遠回りをして自分の部屋に逃げ帰った。

翌朝、何者かにレイプされて殺害された娼婦《しようふ》の無残な遺体が、その裏通りで発見された。前の晩、身の毛がよだつ恐怖に襲われ、パニックにおちいって裏通りから逃げ出していなければ、死んでいたのはローナだったかもしれなかった。

あのときと同じだ――ローナは今、ひしひしと身に迫る危険を感じていた。この男が誰であれ、わたしにとって危険な存在であることは間違いない。ここで殺されるおそれはないとしても、彼はなにか別の方法で、わたしを苦しめるに決まっている。

喉がふさがって息ができない。そのとき、視界の片隅で、小さな炎が燃えあがった。ローナは声にならない恐怖に襲われ、失神するのではないかと思った。ここで気絶などしたら、とりかえしのつかないことになるだろう。

「ミス・クレイ」男の声は落ち着いていて、低くなめらかだった。ローナがパニックにおちいって、金切り声をあげる寸前であることには、まったく気づいていないようだ。「そこに座ってくれ」

男の淡々とうながす声で我に返ったローナは、できるだけ静かに息をついた。大丈夫、なにも起こりはしない。うろたえる必要なんてない。とはいえ、これは好ましい状況ではなかった。今日を最後に、〈インフェルノ〉への出入り禁止を言い渡されるのかもしれない。だが、法を犯したわけでも、いかさまをしたわけでもないのだから、安心していいはずだった。

ローナの目の端で、ふたたび炎がひらめいた。なにが起こったの……？　困惑してふりかえると、二本の巨大なキャンドルが目に入った。どちらも、高さが七十センチ以上あるだろう。一本は床に置いてあり、もう一本は白い大理石の炉床の上に設置されている。二本のキャンドルにともされた火が、躍るように揺れていた。

さっき、視界の片隅で揺らめいた光の源は、これらのキャンドルだったのだ。ここまで無理やり連れてこられたローナは、このとき初めてキャンドルの存在に気がついた。

キャンドルの火が躍るように揺れているのは、さして不思議なことではない。室内に空気の流れは感じられないものの、リノの街では夏の暑さをしのぐため、どこでもエアコンをひどくきかせている。カジノへ行くとき、ローナがいつも長袖《ながそで》の服を着るのは、エアコンのききすぎによる体の冷えを防ぐためだった。

その場に立ったままキャンドルの炎をじっと見つめていたローナは、はっとして窓辺の男に注意をもどした。「あなたは誰？」ゴリラのような大男につかまれた腕をそこでまたふりほどこうとしたが、相手はあきれたようなため息をついただけだった。「手を放して！」

「放してやれ」窓辺に立っている男の声には、おもしろがっているような響きがあった。

「ごくろうだったな」

ゴリラのような巨漢は、ローナの腕をとらえていた手を即座に放した。「わたしは警備センターにもどります」大男はそう言って、静かにオフィスから出ていった。

今が逃げ出すチャンスかもしれない、とローナは思ったが、あえてその場にふみとどまった。カジノ側は、わたしの名前も顔も知っている。今ここで逃げ出したら、いかさま師としてブラックリストに載せられるだろう。そうなれば、〈インフェルノ〉のみならず、ネヴァダじゅうのカジノに出入りできなくなってしまう。

「ぼくはダンテ・レイントリー」男はそこで少し間を置いて、ローナの反応をうかがった。

彼女は小さくうなずいて、もの問いたげに眉をあげただけだった。「〈インフェルノ〉の経営者だ」

最悪だわ、とローナは思った。カジノの経営者がじきじきに乗り出してきたとなると、その対応には細心の注意を払わなければならない。といっても、引け目を感じる必要はなかった。ローナがカジノで不正を働いた証拠は、どこにもないはずだった。実際に、いかさまなどしていないのだから。

「文豪ダンテの『地獄編』にちなんで、自分が経営するカジノに〝煉獄《れんごく》〟を意味する名前をつけたのね」だからどうしたっていうの？　ローナは突き放したような口調で言った。自分は大富豪だから、誰もが畏敬《いけい》の念を抱くはずだ、とこの男は考えているのかもしれない。莫大《ばくだい》な財産以外なんのとりえもないような人間に、わたしが敬意を表すると思ったら大間違いだ。お金のありがたみは、ローナにもよくわかっていた。経済的な余裕ができて初めて、夜ぐっすり眠れるようになった。毎日ちゃんと食べていけるというだけで、大きな安心を得ることができる。けれども、自分は大金持ちだから特別扱いされて当然だと考えている人間ほど卑しいものはない。

ダンテ・レイントリーという名前にも、いかがわしげな響きがあった。レイントリーという姓に偽りはないかもしれないが、ダンテという名前は、〈インフェルノ〉というカジノにふさわしいドラマティックな名前を彼自身が選んでつけた可能性が高かった。どうせ本当の名前は、メルヴィンとかフレッドとか、ありふれたものにちがいない。

「そこにかけてくれ」ダンテがクリーム色の革張りのソファをさししめした。ソファの前に置かれた翡翠《ひすい》色のコーヒー・テーブルの向こう側には、座り心地がよさそうなクラブ・チェアがふたつあった。そのひとつに腰をおろしたローナは、翡翠色をしたテーブルをじろじろ見ないよう努力した。本物の翡翠でできているはずはない。とはいえ、その微妙な透明感といい、しろうと目には、いかにも本物らしく見えた。これが翡翠ではなくガラス細工だったとしても、腕のいい職人でなければ、このような逸品はできないだろう。

　窓辺に立っていたダンテがローナのほうへやってきた。身のこなしはゆったりしていたが、鈍重さは微塵《みじん》も感じられない。上背もかなりあり、身長百六十三センチのローナより、二十センチは高そうだ。仕立てのよいスーツを着ているため、細身に見えはするものの、衣服の下に力強い筋肉が隠されていることは明らかだった。ダンテを肉食獣にたとえるなら、チーターというより虎《とら》だろう。

　相手と目を合わせさえしなければ安全だと思ったわけでもないのに、ローナはダンテの顔をまともに見ることができなかった。だが、自分の身を守るためには、敵をよく知らなければならない。迫りくる危険を直視せず、現実逃避していても、よい結果は生まれないのだ。

　ローナは勇気をふりしぼり、向かい側のソファに腰をおろしたダンテの視線を受け止めた。

　その瞬間、内臓を抜かれたような錯覚におちいった。底なしの淵《ふち》に落ちていくようで、頭がくらくらする。ローナは心の動揺を静めるために椅子の肘掛けを握りしめたいのを我慢した。

　ダンテの髪は黒で、その瞳はグリーンだった。黒髪で緑の目をした男性はいくらでもいるが、ダンテには平凡なところはまるでなかった。つややかな黒髪は、肩まで届くほど長い。ローナは長髪の男性が好きではなかったが、ダンテの髪はしなやかで、清潔そうだった。かなうものなら、あの黒髪に触れてみたい。そんな考えをわきへ押しやった直後、ローナは彼の視線にからめとられてしまった。ダンテの瞳は、ただのグリーンではなかった。正真正銘のグリーンなのだ。ひょっとしたら、カラー・コンタクトを入れているのかもしれない。これほどあざやかで深みのあるグリーンの目をした人が、この世にいるわけがない。けれども、さっきキャンドルの炎が燃えあがったとき、ダンテの瞳孔《どうこう》が収縮するのがわかった。カラー・コンタクトをしていたら、瞳孔の収縮は起こらないはずだ。つまりこのつややかな黒髪と、あざやかなグリーンの瞳は、彼が持って生まれたものなのだ。

ローナは得体の知れない力にとらえられ、ダンテのほうへじわじわと引き寄せられていくような気がした。オフィスに置かれたキャンドルの炎が狂ったように躍り、明るく輝いている。日が沈み、宵闇《よいやみ》が迫りつつある室内を照らすのは、キャンドルの炎だけ。躍る炎がダンテの鋭角的な顔に影を投げたが、あざやかなグリーンの瞳は、さっきより輝きを増したようだった。

ダンテがソファに腰をおろしてから、ふたりのあいだに交わされた言葉はなかった。けれども、ローナはダンテと無言の闘いをくりひろげているような気がした。彼女の心の動揺が、キャンドルの炎をさらに大きく燃えあがらせた。ダンテはなにもかも知っているんだ——ローナは身をこわばらせ、この場から逃げ出そうと思った。カジノに出入り禁止になってもかまわない。命が惜しいなら、今すぐここから逃げなければ！

そう思ったにもかかわらず、体が言うことを聞かなかった。ローナは身じろぎひとつせず、椅子に座っていた。なにかに魅入られたかのように。

「どうしたら、あんなことができるんだ？」ダンテがようやく口を開いた。室内でうねるエネルギーの流れにローナが翻弄《ほんろう》されていることに、彼はまったく気づいていないようだった。

声をかけられ、ようやく現実に立ちかえったローナは、当惑したような目で彼を見た。ここで起こっている気味の悪い出来事は、すべてわたしのしわざだと思っているの？

「わたしはなにもしてない」ローナは言った。「みんなあなたがしたことじゃないの？」

キャンドルの揺れる光を頼りに、相手の表情を正確に読みとるのは、たやすいことではない。それでも、ダンテはローナの言葉に心なしか動揺したようだった。

「ぼくはいかさまの話をしているんだ」ダンテが彼女の誤解を正すように言った。「いったいどんな手を使って、ぼくのカジノから大金をかすめとったんだ？」

3

やはり、この人はなにも気づいていないのかもしれない。

ローナはほっとして、ひとつ大きく息をついた。この部屋で起きている、わたしの理解を超える現象について説明を求めているわけではなさそうだ。室内に流れている奇妙な空気と、なにか……得体の知れないものが自分をとりまいているという感覚は無視していいのだ。ローナは昂然《こうぜん》と顔をあげ、挑むような目でダンテを見かえした。「いかさまなんかしてないわ」それは事実だった。少なくとも、一般的な意味でのいかさまはしていない。

「嘘《うそ》だ。いかさまをせずに、あれほど勝ちつづけられるはずがない」ダンテの瞳がきらめいた。でも、不気味な炎を宿した目で見られるよりましだ。そもそも、人間の目に炎が宿るはずはない。今日のわたしはどうかしている。誰かがわたしの飲み物にこっそり幻覚剤でも入れたの？　賭事《かけごと》をするとき、ローナは決してアルコールを口にせず、コーヒーかソフトドリンクを飲むだけにしていた。今になって思うと、最後に飲んだコーヒーは、やけに苦かった。そのときは、ポットの底に残っていたコーヒーを出されたからだろうと思ったが、あの苦みは幻覚剤によってもたらされたものかもしれない。

「もう一度くりかえすわ。わたしはいかさまなんかしていません」ローナは憮然《ぶぜん》として言った。

「ぼくのカジノに顔を出すようになってから、きみは毎週五千ドルほど手にしている。一年ここに通いつづければ、二十六万ドルもの大金が手に入るわけだ。今までに何軒のカジノを荒らしてきたんだ？」ダンテが値踏みするような目でローナを見た。カジノで大儲《もう》けをしているはずなのに、どうして着るものに金をかけないのか、不思議に思っているのだろう。

ローナはつい赤面してしまった自分に腹が立った。こんな気持ちになったのは久しぶりだ。長いこと、なりふりかまわず生きてきたはずなのに、この人に見つめられただけで、穴があったら入りたくなってしまった。確かに、わたしはおしゃれではないけれど、だらしない格好をしているわけでも、汚れた服を着ているわけでもない。スーパーマーケットで買ったズボンとブラウスを身につけているからといって、他人にとやかく言われる筋合いはない。自分に合ったサイズの靴が十二ドルで買えるのに、百ドルもする高級品を購入することには抵抗があった。現金が八十八ドルあれば、大量の食べ物を買うことができる。シルクで仕立てた服は値段が高いうえ、取り扱いもむずかしいが、コットンとポリエステルの合繊なら、いちいちアイロンをかけずにすんだ。

「もう一度きく。これまでに何軒のカジノを荒らしてきた？」

「わたしの行動を詮索《せんさく》する権利は、あなたにはないはずよ」ローナはこみあげる怒りに心を奮い立たせてダンテをにらんだ。恥ずかしい思いをするより、腹を立てているほうがずっといい。ダンテになんと思われようと、わたしは平気だ。安物の服を着ていても、清潔な身なりを心がけているのだから、恥じる必要はない。

「今日、きみはいかさまの現行犯で捕まったんだ。ぼくには、ほかのカジノの警備責任者に通告する義務がある」

「なにもしていないのに現行犯だなんて、納得できないわ」他人に見とがめられるようなことをした覚えはない。

「ぼくのカジノで捕まったことを感謝するんだな」ダンテはローナの言葉を完全に無視した。「リノの街には、いかさまは死に値する罪だと考えている連中もいるんだ」

心臓の鼓動が乱れた。ダンテの言葉が事実であることは、彼女も承知していた。いかさまを働いた人間が失踪《しっそう》したり、変死体で発見されたりしたという噂《うわさ》は、ちまたで広くささやかれている。裏社会の事情に通じているローナは、ダンテの言葉がただの脅しではないことを知っていた。カジノ側の疑惑を招かないよう、目立たず慎重に行動してきたつもりなのに、ここであらぬ疑いをかけられるはめになったのは、わたしの側になんらかの落ち度があったからにちがいない。たとえ潔白だったとしても、いかさまの嫌疑をかけられたというだけで、ある種の人間にとっては、わたしを抹殺する充分な理由になるのだ。

でも、さっきの口ぶりからすると、ダンテはこの件を表沙汰《ざた》にせず、穏便に処理してもいいと思っているようだった。

なぜだろう？　考えられる理由はふたつあった。ひとつは〝魚心あれば水心〟というように、黙っている代わりに肉体関係を迫るとか、ダンテに妙な下心がある場合。もうひとつは、わたしがいかさまを働いた疑いはあるものの、確たる証拠がない場合だ。その場合、ダンテはただ、わたしに不正の事実を認めさせたいだけだろう。〈インフェルノ〉への出入り禁止を通告されるだけで解放してもらえるかもしれない。不正の証拠がないから穏便にすませようと思っているなら、ダンテは相当なお人よしということになる。

人のよさは、ときとして災いを招く。

ダンテは探るような目でこちらを見つめていた。全神経を集中し、彼女の表情の微妙な変化まで読みとろうとしているようだった。ローナは椅子にじっと座っているのが苦痛になった。こんなふうに注目されると、不安でたまらなくなる。ローナは目立つことが嫌いだった。人目を引かなければ、危険にさらされることもない。

「心配しなくても、きみを脅してベッドに連れこもうなどと考えてはいない――きみにまったく関心がないわけじゃないが、強引に肉体関係を迫るほど女性に不自由してはいないんでね」

衝撃のあまり、ローナは飛びあがりそうになった。ダンテはわたしの心を読んだんだ。でなければ、わたしの心の動きが顔に出ていた？　まさか、そんなはずはない。つねに警戒をおこたらずにいるのは、ローナにとって、生きるための条件のようなものだった。やはり、ダンテには他人の心を読む力があるのだ！

パニックにおちいったローナが理性を失いかけたとき、からみあうふたりのあざやかなイメージが脳裏に浮かんだ。ローナは魂が体から抜け出して、ダンテとベッドをともにしている自分をすぐそばで眺めているような錯覚に襲われた。彼女のイメージのなかで、ふたりは汗に濡《ぬ》れた裸身をからませていた。乱れたシーツの上で、ローナは筋骨たくましいダンテに組み敷かれていた。彼の浅黒い体に回された彼女の腕と脚が、ほの白く浮かんで見える。こすれ合う肌のにおいがして、ダンテの熱くほてった体の重みまで、はっきりと感じられるようだ。その瞬間、自分のなかに彼が分け入ってくるのを感じて小さくあえいだ——。

ローナははじかれたように現実に立ちかえった。危うくダンテの目の前で妄想に浸り、醜態をさらすところだった。だが、現実の世界にとどまっているのは、たやすいことではなかった。あれはただの妄想か幻覚にすぎないとわかっていても、あの官能的な夢の続きが見たくてたまらなかった。

今日のわたしはどうかしている。ローナは室内に渦巻く得体の知れないエネルギーに翻《ほん》弄《ろう》されて、自分で自分をコントロールできなくなっていた。ここでなにが起こっているのかを突き止めようとしても無駄だった。ひとつの感情の大波がおさまったと思うと、すぐさま別の感情の大波が押し寄せてきて、彼女をさらっていくのだ。

だが、ダンテはなにも気づいていないようだった。この状況にいながら、どうして彼は平然としていられるの？　すべてはわたしの妄想にすぎないの？　ローナは椅子の肘かけをぐっと握りしめた。もしかしたら、わたしは気が変になりかけているのかもしれない。

「どうやら、きみには予知能力があるようだな」ダンテがものめずらしそうに小首をかしげ、口元をかすかにほころばせた。「感受性も豊かだ。ひょっとしたら、念力でものを動かすこともできるのかもしれないな。おもしろい」

「そんなことを言うなんて、とても正気とは思えないわ」ローナは恐怖におびえつつ、必死に精神を集中しようとした。こんな状況で、よく〝おもしろい〟なんて言えたものだ。

「いいや、いたって正気だよ」ダンテの瞳が愉快そうにきらめいて、さっきまでの冷たい印象がやわらいだ。「ローナ、怖がらずに自分を解き放つんだ。きみが予知能力者かどうかを確かめるには……」ダンテがいざなうように言葉を切った。

ローナは身じろぎひとつせずダンテを見つめていた。この人には、わたしの考えていることはすべてお見通しなのだろうか？　それとも、これはわたしをおとしいれるための罠《わな》？

　そのとき突然、骨まで凍るような冷気が室内に流れ、圧倒的な恐怖がローナを襲った。それは、彼女がこの部屋に足を踏み入れ、ダンテと初めて顔を合わせたときに感じたのと同じ恐怖だった。ローナは自分で自分を抱きしめて歯をくいしばった。今すぐここから逃げなければ。本能的に危険を感じたが、なぜか体が動かなかった。

　この混沌《こんとん》とした状況を生み出したのは……ダンテなの？　ローナは現実と幻が重なり合ったような気がした。こんな感覚を味わわされたのは、生まれて初めてだった。

「そんなに硬くならないでいい。証拠もないのに、いかさまを働いた罪できみを告発するつもりはない。だが、きみは普通の人間ではないようだな。この部屋で生じた現象はすべて、ぼくが引き起こしたんじゃないか、と指摘されたときにわかったよ。きみには、目に見えないものを感知する力があるらしい」ダンテは両のてのひらを合わせると、指先で唇にふれながら、揺るぎない視線でローナをとらえた。「きみが普通の人間だったら、ここにいてもなにも異常は感じなかったはずだ。能力者――いわゆるサイキックは、たいてい複数の力を操ることができる。きみがサイキックだとすると、ブラックジャックで勝ちつづけた理由は明白だ。きみはディーラーが配るカードを予知していたんだ。一目見れば、どのスロット・マシンが利益を生むのかもわかったはずだ。スロット・マシンに内蔵されたコンピューターを念力で操作して、自分が望む結果を出していたとも考えられる」

　室内に流れた冷気は、一瞬のうちに消え去った。緊張して身をこわばらせていたローナは、ほっとして椅子から転げ落ちそうになったが、なにも言わずに奥歯をぐっと噛《か》みしめた。ダンテの誘いに乗って、能力についてぺらぺらしゃべるわけにはいかない。この部屋には、隠しカメラやマイクが設置されているかもしれないのだ。ここでまたあの奇妙な幻覚に襲われたら、わたしは理性を失って、ダンテにうながされるまま、ありもしない罪を認めてしまうだろう。すべては映画もどきの特殊効果によって引き起こされた現象かもしれないのに。

「きみはレイントリー一族とは無関係だ」ダンテが柔らかな声で言った。「身内なら、すぐにそれとわかる。とすると……アンサラか、はぐれ者ということになるな」

「はぐれ者」その言葉が、ローナを現実の世界に引きもどした。不安が完全に払拭《ふっしょく》されたわけではないものの、あの悩ましいイメージは消えてなくなり、凍《い》てつくような冷気と恐怖感もどこかへいってしまった。

ローナはひとつ深呼吸して、こみあげる怒りを抑えようとした。ダンテはわたしのことを野良犬かなにかだと思っているのだ。ローナの激しい怒りの奥底には、苦い絶望感が横たわっていた。生まれてからずっと、ローナは誰にも必要とされない、やっかい者だった。そんな状況から救ってもらえるかもしれないと夢見た時期も過去にあったが、夢がかなえられることはなかった。それ以来、ローナはすっかり臆病《おくびょう》になり、今ではあきらめにも似た境地に達していた。それでも、かつて味わった心の痛みがやわらぐことはなかった。

「誤解しないでくれ。きみを侮辱したわけじゃない。どちらの陣営にも属していないサイキックのことを、ぼくたちは〝はぐれ者〟と呼んでいるんだ」

「どういうこと？　いったいなんの話？」ローナは困惑していた。

「きみはレイントリーでも、アンサラでもないということさ」

　それでは説明にならない。ローナはいらだち、おびえながら、噛みつくような口調で言った。「〝サラおばさん《アント・サラ》〟っていったい誰のこと？」

　ダンテが頭をのけぞらせ、声をたてて笑うのを見て、ローナはどぎまぎした。そしてダンテの男らしい魅力を強烈に意識した。力強さを感じさせる首筋と、彫刻のような顎のラインに、いやでも目がいってしまう。彼の男らしさを表現するには〝ハンサム〟という言葉では不充分だった。ダンテはもっと衝撃的で、あらがいがたい魅力を持っている。最初にローナの注意を引いたのは彼の容姿ではなく、その体からにじみ出るパワーだった。

「〝サラおばさん〟と言ったんじゃない」ダンテはまだ笑っていた。「アンサラと言ったんだ。ＡＮＳＡＲＡとね」

「アンサラなんて、聞いたこともないわ」ローナは慎重に言った。アンサラというのは、ある種の犯罪組織なのかもしれない。組織的に違法行為をくりかえす集団は、シカゴやニューヨークのマフィアにかぎったことではなかった。

「本当に？」ダンテは楽しげな口調で言ったが、ローナへの疑いはぬぐいきれないようだった。神経過敏になっていたローナには、ダンテの問いかけが脅しのように聞こえた。だからといって、とりみだしてはいけない。この部屋で奇妙な現象が起こったために、いつになくうろたえてしまったけれど、もう大丈夫。ふだんの落ち着きをとりもどそう。ローナは崩れかけた心の壁をふたたび築きなおそうとした。それはたやすいことではなかったが、途中であきらめるわけにはいかなかった。身のまわりでなにが起こっているかわからなくても、自分を守ることの必要性は、いやというほどわかっている。

ローナはダンテの質問を無視して、自分の心をガードすることだけに意識を集中した。

──心をガードする？

いったいどこから、そんな考え方が出てきたのだろう？　今まで、心のガードを固めたことなんてなかったはずだ。過去に何度もつらい目に遭ってきたローナは、自分はタフで強い女であり、感情に翻弄されることはないと思っていた。だから、意識して心のガードを固めたこともなかった。

今この瞬間までは。

これほど無防備なサイキックがいるとは知らなかった──ダンテは目に見えないエネルギーの奔流から身を守ろうと必死になっているローナを見つめながら考えた。ローナは思念と炎を操る彼の力の影響をもろに受けているようだ。彼女を試すためにパワーをほんの少し解放し、キャンドルの炎を躍らせてみたところ、ローナはひどくうろたえ、椅子の肘かけをぐっとつかんで、おびえた視線を室内に走らせた。

強引に肉体関係を迫られるのではないかという彼女の不安につけこんで、しばらくのあいだ、悩ましいイメージを脳裏に思い描くと、彼女はそれが現実の出来事であるかのような反応を示した。ダンテが見守るうちに、ローナの唇はほんのりと赤らんで柔らかみをおび、頬は上気した。あのときは、空想が空想でなくなりそうな危険があった。

ローナがアンサラの血を引いている可能性は否定できなかった。見たところ、彼女はサイキックとしての訓練をまったく受けていないようだったが、彼女がアンサラ側の人間だとすると、能力を巧妙に隠して未熟なふりをしていると考えたほうがよさそうだった。レイントリー一族には、アンサラ一族という宿敵がいた。長いこと敵対関係にあった両家のあいだに大規模な闘いが勃発《ぼっぱつ》したのは、今から二百年ほど前のことだ。レイントリー一族は、その闘いで勝利をおさめ、アンサラ一族を滅亡寸前まで追いこんだ。かつては強大な力を誇っていたアンサラ一族は没落し、わずかに生き残った者たちも離散してしまった。それでもなお、レイントリー一族への恨みは捨てがたいらしく、単身で闘いを挑んでくる者がときおり現れた。

アンサラの血を引く者たちは、レイントリー一族と同じように特殊な能力を持っている。ダンテが過去に遭遇した者はみな、それぞれが持って生まれた力を制御する訓練を受けていた。そういう連中を相手にするとき、油断は禁物だった。アンサラ一族は昔ほど脅威的な存在ではなくなったが、彼らがレイントリー一族の長であるダンテを苦しめる機会を虎視眈々《こしたんたん》と狙《ねら》っているのも事実だった。

カジノで能力を使って大儲けをするというのは、アンサラ一族らしい思いつきだった。ダンテが経営している〈インフェルノ〉で大金をせしめることができれば、アンサラ一族にとって、このうえない快挙となるだろう。もしもローナがアンサラ一族とは無関係だとしたら話は別だが……。

ダンテには、他人の心の動きを読みとる力があった。彼の読心能力は、妹のマーシーほど優れてはいないものの、対象に直接ふれることで、たいていの相手の思いを感じとることができる。ただし、心の動きを他人に察知されないよう訓練されているアンサラ一族は別だ。感受性の鋭い人間は、心のガードを固めないと、自分の周囲で渦巻くさまざまな感情やエネルギーに圧倒されてしまう。さっきのローナ・クレイのように。

彼女はただ、たくみな演技でダンテをあざむいただけかもしれないが……。

ダンテはローナの体に手をふれて、その心の動きを読みとれるかどうか確かめたいと思った。だが、ぼくの手がふれたとたん、ローナは悲鳴をあげて逃げ出すだろう。彼女は今、神経過敏になっている。ぼくがちょっと大きな声を出しただけで、のけぞるほど驚くかもしれない。ダンテは実際に大声をはりあげて、ローナをびっくりさせてやろうかと思った。

カジノでいかさまを働いたという深刻な問題がなければ、そうしていただろう。

ダンテは身を乗り出して、問題の核心を突こうとした。ちょうどそのとき――。

緊急事態の発生を告げるアラームが鳴り響いた。録音されたアナウンスがスピーカーから流れるより早く、ダンテははじかれたように立ちあがった。それからローナの腕をさっとつかみ、無理やり腰をあげさせた。

「なにが起きたの?」ローナが叫んだ。顔面蒼白《そうはく》になっているが、ダンテにつかまれた腕をふりほどこうとはしなかった。

「火事だ」ダンテはそれだけ言うと、ローナを戸口のほうへ引きずっていった。火災報知機が作動すると、すべてのエレベーターが停止する――そして、ふたりが今いるオフィスは十九階にあった。

4

ダンテに引きずられてオフィスを出るとき、ローナは戸口のところでつまずいて転びそうになり、ドアの側柱にひどく腰を打ちつけた。それからあわてて立ちあがったはずみで、反対側の壁にぶつかったが、ダンテは彼女の腕をとらえた手を離そうとはしなかった。ローナはそれでも文句ひとつ言わず、引きずられていった。彼につかまれた腕の痛みも感じなかった。悪夢が現実となったために、なにも感じられなくなっていたのだ。

火事――それは悪夢だった。

ダンテが気遣うような目でローナを見た。彼はつかんでいた腕を放して彼女の腰に左手を回し、自分のほうへしっかり引き寄せて、階段めざして駆けた。人けのない廊下の先にある非常口のドアを開けると、階段を下りる人々のとどろくような足音が聞こえた。

非常口のドアが音をたてて閉まると同時に、喉を焼く煙のにおいがして、ローナの心臓の鼓動が乱れた。幼いころから、彼女は炎に対する恐怖心を抱きつづけてきた。ローナが考える最悪の死に方は、火のなかで命を落とすことだった。ローナには、何度もくりかえして見る悪夢があった。それは、炎の壁に行く手をはばまれ、自分の命よりたいせつなもの——子供だろうか？——を救うことができずに死んでいく夢だった。ローナはいつも、迫りくる炎に身を焼かれそうになったところで、恐怖に震えて泣きながら目を覚ました。

　キャンドルの揺れる炎や、暖炉のなかで燃える火はもちろん、調理用ガスレンジの火も、ローナにとっては嫌悪の対象でしかなかった。早く火の回っていない屋上に出て新鮮な空気を吸いたいのに、ダンテ・レイントリーは、野獣のようにたけり狂う炎のまっただなかへ彼女を連れていこうとしているようだった。

　ひとつ下の踊り場に下りたところで、パニックにおちいりそうになった。理性では、この階段を下りなければならないことはわかっている。屋上から飛びおりるのは自殺行為だ。ローナは歯をくいしばり、階段から足を踏みはずさないよう注意しながら下りていった。ダンテにしっかり抱きかかえられているので転びはしないだろうが、足手まといになるのはいやだった。自分の不注意が原因で、ふたり一緒に階段を転げ落ちては大変だ。

　ほどなく、ふたりは避難中の人々の集団に追いついた。非常階段は人であふれ、先に進めない状態だ。人々の怒号が飛びかい、誰がなにを言っているのかわからない。しだいに濃くなってきた煙に咳《せ》きこむ者も出はじめた。

「上へ行ってはだめだ！」喧噪《けんそう》のなか、ダンテ・レイントリーの声が響き渡った。この騒ぎの原因は、屋上へ避難しようとする人々と、地上に下りようとする人々がぶつかったことにあった。

「そう言うあんたは誰なんだ?」下のほうから誰かがどなった。

「〈インフェルノ〉の経営者だ。このホテルを建てたのはぼくだ。どこへ逃げれば安全かはよくわかっている。命が惜しいなら、今すぐ一階まで下りるんだ。助かるためには、そうするしかない」

「下は煙が充満しているんだ!」

「着ているシャツを脱いで、鼻と口を覆うんだ。みんなもそうしてくれ」ダンテは全員に聞こえるように大声をはりあげた。それからローナの腰に回していた手を離し、見るからに高価そうなスーツの上着を脱いだ。ローナが茫然《ぼうぜん》と見守るうちに、ダンテはナイフをポケットからとり出して、グレーのシルクの裏地を切りとると、それを手早くふたつに裂いて、一枚をローナに手渡した。「これで煙を防ぐんだ」ダンテはそう言い、ナイフを閉じて、ふたたびポケットにもどした。

ダンテの指示にさからって屋上へ避難しようとする者はひとりもいなかった。何人かの男性は、ダンテにならい、スーツの上着の裏地を切りとってマスクがわりにした。なかには、自分のシャツを切り裂いた布を、ブラウスを脱ぐことをためらっていた女性たちに手渡す男性もいた。ローナはダンテにもらったシルクの裏地ですばやく鼻と口を覆い、布の両端をきつく縛った。かたわらにいるダンテも同じようにした。

「進め！」人々は従順な羊の群れのようにダンテの指示に従い、列を作って非常階段を下りはじめた。ローナも無意識のうちに足を動かし、火炎が渦巻く地獄に向かって下りていった。全身の細胞が抗議の声をあげ、息をするのもままならなかったが、意志をなくした人形のように機械的に足を動かしつづけた。

ダンテが彼女の体を自分のほうにぐいと引き寄せた。「ぼくたちを先に行かせてくれ。出口まで先導するから」ダンテが言うと、前にいた人々がふたりを通すためにわきへどいた。文句を言う者もいないではなかったが、〝彼はここの経営者だ。彼についていけば、無事に脱出できる〟と、ほかの者にたしなめられた。

下へ下りるにつれて、非常階段は避難する人々でごったがえしてきた。それでも、ダンテはつねにローナとともに先頭に立って進んだ。煙のにおいが鼻をつき、目に涙がにじんだ。空気も確実に熱くなってきている。何階まで下りてきたのだろう？　次の踊り場に着いたとき、ローナは非常口のドアにしるされた数字を確認しようとした。涙で目がかすみ、はっきりとはわからなかったが、非常口のドアにしるされた数字は、十六か十五のようだった。まだそれだけしか下りてないの？　もっと下まで来ていると思ったのに……。これまでに踊り場をいくつ通過したか思い出そうとしたが、炎に対する恐怖のためになにも覚えていなかった。

わたしはここで死ぬんだ。ローナは死神の冷たい息吹が感じられるような気がした。燃えさかる炎の向こうで、死神が待っている。目には見えなくても、わたしにはわかる。強大な力が、わたしを死神のもとへ連れていこうとしているのだ。わたしは火に焼かれて死ぬ運命だったんだ。わたしにとって、炎は死を暗示するものだった。だから、火が怖くてたまらなかったのだ。まもなく、この命はつきるだろう。炎に身を焼かれるか、煙で喉をふさがれて死んでいく……。

わたしの死を悼んでくれる人は、どこにもいない。

ダンテは非常階段に集まった人々をマインド・コントロールして整然と避難させた。マインド・コントロールで人を動かすのは、初めての経験だった。そもそも今日まで、自分にそういう力があることを知らずにいた。夏至に近い時季でなかったら、これほどの力を発揮することはできなかっただろう。マインド・コントロールによって大勢の人間を操る自信はなかったが、苦労して建てたカジノ・ホテルが灰燼《かいじん》に帰そうとしている今、ダンテは自分の言葉と思念にありったけの精神エネルギーをそそぎこんだ。その結果、人々を意のままに動かすことに成功したのだ。

燃えさかる炎が自分をいざなっているような気がした。あたかも、炎がパワーを与えてくれているようだ。火元に近いせいか、アドレナリンの分泌がさかんになって、胸が高鳴った。煙が目にしみ、鼻と口を覆ったシルクの布越しに喉を焼いたが、ダンテは全身にエネルギーが満ちあふれるのを感じて、声をたてて笑いたくなった。かなうものなら、たけり狂う炎を自分のほうへ招き寄せ、まっこうから闘いを挑んで屈服させてやりたかった。マインド・コントロールに意識を集中する必要がなかったら、炎との闘いに精神エネルギーをそそいでいただろう。全細胞が、燃えさかる炎との闘いを望んでいる。ダンテはカジノを焼きつくそうとしている火を消すつもりだったが、炎との闘いにおもむく前に、非常階段にいる人々を安全な場所へ避難させなければならなかった。

ダンテはかたわらにいるローナのほうへ視線を投げた。彼女の顔の下半分は、グレーのシルクに覆われていて見えない。それでも、ローナがダンテの意志の力によって、かろうじて動かされていることは見てとれた。血の気の失《う》せた顔は真っ青で、恐怖に憑《つ》かれたような瞳はうつろだ。ダンテはローナの体を自分のほうへ引き寄せた。一階に着いたとたん、彼女はパニックにおちいって、ぼくのマインド・コントロールから逃れて姿を消してしまうかもしれない。ローナとの話し合いは、まだ終わっていなかった。ふたりで話している最中に火事になったことで、彼女に対する疑念はますます深まった。尋ねたいことは山ほどある。

もしもローナがアンサラの血を引いていて、この火事を引き起こした張本人だとしたら、彼女には死んでもらわなければならない。それ以外の選択肢はなかった。

ローナがアンサラ側の人間であるという確証は、直接その体に手をふれても得られなかった。もともと、ダンテは読心能力が高いほうではなかったし、今は彼女の正体を探ることに意識を集中している余裕がなかった。ローナがアンサラの血を引いていて、巧妙に自分の能力を隠しているのか、ただのはぐれ者にすぎないのかを確かめるのは、もう少し待つ必要がある。

下へ下りるにつれて、あたりにたちこめた煙が濃くなってきた。人々はあまり言葉を交わすこともなく、黙々と非常階段を下りていったが、咳きこむ者がしだいに増えてきた。今のところ、炎はカジノの内部にとどまっているものの、ホテルの区画まで広がりそうな勢いを見せていた。宿泊施設のあるカジノはたいてい、宿泊客がカジノを通らなければ、どこへも行けない構造になっている。そうすることで、カジノでの収益をあげようというのだ。だがダンテはカジノ業界での常識をくつがえし、独立した宿泊施設を建設した。カジノとホテルを自由に行き来できる共有空間はあるが、賭事《かけごと》に興味がない宿泊客のために充分に配慮した設計になっている。業界では無謀と見なされたダンテの試みは、もののみごとに成功した。ほかのカジノ・ホテルがたちうちできないエレガントな雰囲気を持つ〈インフェルノ〉の評判は上々だった。

ホテルとカジノが独立した構造でなかったら、今夜の火事で多数の犠牲者が出ただろう。カジノの客が無事に避難できたかどうかは……知るよしもなかった。とにかく今は、非常階段にいる人々を安全な場所へ誘導することに意識を集中しなければならない。ここにいる人々がパニックにおちいって、我先に逃げ出そうとしたら大変なことになる。階段で将棋倒しになって、おしつぶされる者も出るだろう。一階の非常口に押し寄せた群衆によってドアが壊され、開かなくなるおそれもあった。ここでそんな悲劇を起こすわけにはいかない。ダンテは最悪の事態を防ぐために全力をつくすつもりだった。

次の踊り場に下りたところで、ダンテはたちこめる煙に目をこらした。非常口のドアには、三という数字がしるされている。ということは、一階まであと少しだ。濃さを増した煙のために肺が焼けつくようだったが、ダンテは後ろからついてきている人々に向かって言った。「もうすぐ一階に着くぞ」ダンテの言葉は、整然と避難していた人々の列の最後尾まで伝えられた。

ダンテはローナの腰に片腕を回し、その体をひょいと抱えあげると、そこから一階まで一段おきに階段を駆け下りた。非常口のドアの向こうは、オフィスが並んだ廊下だ。ドアが閉まらないよう自分の体で押さえながら、非常階段から廊下へよろめき出てきた人々に指示を与えた。「その角を右に曲がって、廊下の突き当たりにある両開きのドアを出るんだ。そこからまた右に曲がったところに自動販売機がある。自販機のすぐ隣にあるドアを開ければ、駐車場に出られるぞ。ぐずぐずするな、急げ！」

人々はダンテにうながされるまま、よろめくような足取りで、咳きこみながら前進しはじめた。空気は熱く、あたりにたちこめた濃い煙のために視界がきかない。目をこらしても、一メートル先までしか見えなかった。ダンテの前を通り過ぎていく人々の姿は、亡霊のようにおぼろげで、すぐに視界から消えてしまった。聞こえるのは、駐車場をめざして進む人々の足音と咳《せき》の音だけだ。

ローナが身じろぎし、ダンテの手をふりほどこうとした。早くここから逃げたいと思っていたところへ、駐車場へ避難しろという彼の指示があったので、じっとしていられなくなったのだろう。ダンテはローナを逃がさないよう、その体に回した腕にぐっと力をこめた。今だけ彼女をマインド・コントロールから解放してやろうか……だが、それはあまりにも危険だ。非常階段を下りてくる人々が駐車場へ避難するまで、ローナが逃げないように捕まえておけばいい。

ダンテは火の手が背後まで迫りつつあるのを感じた。彼の存在のすべてが、迫りくる炎に勝負を挑み、完全に制圧したいと望んでいた。だが、今はまだそのときではない。もう少し待たなければ……。

やがて、非常階段を下りてくる人の列がとぎれた。ダンテはローナをしっかりと抱きかかえ、廊下を左に曲がった――安全な駐車場に避難するのではなく、背後でたけり狂う赤い悪魔に立ち向かうために。

「いや」ローナがうめくような声をもらし、ダンテの腕のなかで狂ったようにもがいた。

ダンテは駐車場へ向かう人々に、〝そのまま前進しつづけろ〟と声にならない声で指示したあと、ローナだけに別の命令を与えた。「ぼくのそばにいるんだ」

ローナはたちまちおとなしくなったが、ダンテが煙のたちこめる廊下を抜けて、ロビーに通じるドアの前に立つまで、喉がふさがったような悲痛な声をもらしつづけた。ダンテは勢いよくドアを開け、ローナを引きずるようにして灼熱《しゃくねつ》地獄に足を踏み入れた。

天井に設置されたスプリンクラーがさかんにまき散らしている水は、すさまじい熱のために床に届く前に蒸発してしまうようだった。ロビーに入ったふたりに熱風が吹きつけてきたが、ダンテは悪態をつきつつ、その衝撃に耐えた。煙や熱風は、炎の副産物にすぎない。炎の使い手であるダンテには、それらをコントロールする力もあった。ダンテは精神を集中し、ローナと自分のまわりに目に見えない球形のシールドを張りめぐらした。こうしておけば、迫りくる煙と熱から身を守ることができる。

カジノは火の海と化していた。真っ赤な炎の舌があたりをなめ、オレンジと黒の入りまじったシーツのように広がって、金色に揺らめく透明な触手を四方八方にのばしている。すべてを焼きつくすまで、その猛威はおさまりそうになかった。白い優美な柱がすでに何本か炎に包まれて、巨大なたいまつのように燃えていた。フロアに敷きつめられた絨毯《じゅうたん》にも火の粉が飛び散り、あちこちで小さな炎がちろちろと燃えている。

白い柱をのみこんだ炎が天井をなめはじめたのを見て、ダンテは行動を起こした。精神を集中し、心の奥底からエネルギーを引き出して、燃えさかる火の勢いを止めようとしたのだ。柱を包んでいた炎は、ダンテの強大なパワーとの闘いに敗れ、しだいしだいに小さくなっていった。

　球形のシールドを維持しながら、それだけのことをするのに、ダンテは全力をつくさなければならなかった。なにかがおかしい。ダンテは柱をのみこんだ炎との闘いに意識を集中すると同時に、異常を感じとっていた。火を消そうとしただけで頭が痛くなるのは、どう考えても妙だ。ダンテは執拗《しつよう》な抵抗をつづける炎を力でねじふせた。マインド・コントロールによって、大勢の人々を避難させたために消耗し、いつもの力が発揮できなくなったのだろうか。ダンテは不審に思ったが、自分の力を使い果たしたという意識はなかった。ただ、なにかがいつもと違うことだけは確かだった。

　柱を包んでいた火が消えたことを確認すると、壁を伝いはじめた炎に意識を集中した。

消えろ、消えるんだ……。

　視界の片隅で、何本もの柱がふたたび炎に包まれた。

　驚愕《きょうがく》したダンテが怒りにまかせて精神エネルギーを放出すると、火はその勢いを失った。

　これはいったいどういうことだ？

　そのとき突然、窓が割れて、ガラスがあたりに飛び散った。消防車が到着したらしく、カジノの正面からさかんな放水がはじまった。たけり狂う炎は、人間の無力さをあざ笑うかのように、轟音《ごうおん》とともにさらに大きく燃えあがった。火に焼かれてもろくなった天井から、クリスタルの巨大なシャンデリアがひとつはずれた。シャンデリアはフロアに落下した衝撃でこなごなに砕け、凶器のようなクリスタル・ガラスの破片が四方に飛び散る。ふたりがいる場所は、シャンデリアが落ちたところから遠く離れていたが、クリスタルの小さなかけらが飛んできて、ひとしずくの血がダンテの頬を伝い落ちた。シャンデリアが落ちるのをぼんやりと眺めているべきではなかったな、とダンテは自嘲《じちょう》した。

ローナがくがく震えながら身を寄せてきて、恐怖におびえた声をもらしたが、ダンテにマインド・コントロールされている状態で逃げ出すことは不可能だった。ローナもシャンデリアの破片で怪我《けが》をしたのだろうか？　ダンテは気になったが、彼女が傷を負ったかどうかを確かめている暇はなかった。大音響とともに、巨大な炎の舌が天井をなめたのだ。あっというまに天井を覆いつくした炎は、酸素を貪欲《どんよく》に吸収しながら、ありとあらゆるものをのみこんで、ふたりの背後の壁を這《は》いおりはじめた。壁が火に包まれたら、退路を完全に断たれてしまう。

ダンテは持てる力のすべてを解放し、背後の壁を伝いおりていく炎を押しもどそうとした。ぼくはレイントリー一族の長だ。そのぼくに支配できない炎はない。

ところが、事態はダンテが思ってもみなかった方向へ展開しはじめた。

天井をなめた炎は、壁からフロアのほうへ触手をのばし、絨毯の上でちろちろと燃えていた小さな炎を次々にのみこんで大きく成長していった。ほどなく、フロア全体に広がった炎が、じわじわとふたりのほうへ迫ってきた。

ダンテには、どうすることもできなかった。自分の力でねじふせることのできない炎に出合ったのは、これが初めてだ。いつものパワーを発揮できないのは、大勢の人間をマインド・コントロールで動かして、エネルギーを消耗したせいにちがいない。他人を操ることが自分自身にどんな影響を与えるのか、ぼくにはわかっていなかった。だが、それがどういう結果を招いたかはわかっている。奇跡でも起こらないかぎり、ローナとぼくは、ここで命を落とすことになるだろう。

それでもなお、ダンテは敗北を認める気になれなかった。炎との闘いに一度も負けたことがないのに、ここで屈するわけにはいかない。

透明な球形シールドが揺らぎ、煙がすきまから入ってきた。ローナが激しく咳きこんで、ダンテの手をふりほどこうとしたが、マインド・コントロールから解放されなければ、逃亡は不可能だった。今ここでダンテがマインド・コントロールを解いたとしても、逃げ道はどこにもない。

ダンテは険しい顔で炎を見た。この闘いには、もっと大きなパワーが必要だ。ぼくはさっき、自分が持っている力をすべて解放した。にもかかわらず、迫りくる炎を押しもどすことはできなかった。ギデオンかマーシーがいたら、力を合わせて炎に立ち向かえるのだが、ふたりがここにいない以上、頼りになるのは自分だけだ。ぼくにパワーを与えてくれる相手はいない。

ローナのほかには。

ダンテは彼女の許可を求めようとはせず、自分がなにをしようとしているか、あえて説明もしなかった。ローナを後ろから抱きすくめ、その心のなかに押し入って、自分が必要としているものを強引に奪いとった。さいわい、ローナはダンテの予想を上回るパワーを持っていた。それがどういう種類のパワーであるかは問題ではない。サイキック・パワーは電気のようなものなのだ。電気の力によって、さまざまな電化製品が、それぞれ違った機能を果たすのと同じ理屈だ。ダンテは充電でもするようにローナからエネルギーをとりこんで、自身のパワーを増幅させた。

ローナは小さな悲鳴をあげてダンテの腕をふりほどこうとしたが、やがてあきらめたようにに身をこわばらせた。

ダンテは精神エネルギーを四方に放出し、燃えさかる炎に果敢な攻撃を加えた。その衝撃で、ふたりの背後に迫っていた炎もろとも壁が吹き飛んだ。外から空気が流れこみ、前方の炎が大きく燃えあがる。それを見たダンテは、ふたたび精神を集中し、さっきより大きなエネルギーを炎にぶつけた。ローナと自分のパワーを融合させることで、彼の能力は極限まで高まっていた。

精神的な負荷のために全身の筋肉が熱をおび、うずくような感覚がダンテの体じゅうに広がっていった。ふたりを守る透明な球形のシールドがきらめいて、淡い光を放ちはじめる。ダンテは頭の痛みを無視して悪態をつきながら、汗だくになって精神エネルギーによる攻撃を続け、炎の侵食をはばもうとした。闘いはじめてから、どのくらい時間が過ぎただろう？　ホテルの宿泊客や従業員を避難させるためには、いつまで持ちこたえなければならないのだろう？〈インフェルノ〉には、複数の非常階段が設置されている。それぞれの経路での避難が整然と行われたかどうかは、さだかではなかった。建物のなかに残っている者はいないだろうか？　体に障害を持っている人々は、誰かの助けを借りなければ、非常階段を使って避難できないはずだ。ぼくがしりぞいたら、ホテルのほうまで火が広がってしまう――だから、ここで引きさがるわけにはいかない。たけり狂う炎を支配下に置くまで、闘いつづけなければならないのだ。

ダンテが全力をつくしても、大きく燃え広がった火を完全に消すことはできなかった。避難誘導に尽力して疲弊したせいなのか、炎そのものが普通ではないのか、その理由はわからない。ただ、火を消せないという事実は、受け入れるしかなかった。今できるのは、消防士たちによる消火活動が軌道に乗るまで、炎の侵食をはばむことだけだった。

ダンテはエネルギーを浪費しないよう、火を消すのではなく、その勢いを弱めることに意識を集中した。自由を求め、執拗に抵抗しつづける炎との闘いには、あらんかぎりのエネルギーをそそぎこむ必要がある。どれだけ時間がかかろうと、どんなに頭が痛もうと、消防士たちが来るまで持ちこたえなければならない。

激しい闘いをくりひろげるうちに、ダンテは炎と自分が一体化したような錯覚におちいった。炎は彼の敵であると同時に、美しい破壊者でもあった。目の前で躍る炎の揺らめきと色の移り変わりは、うっとりするほど魅惑的だ。ダンテは真っ赤に燃える溶岩流が体内を駆けめぐり、原始的な欲望が頭をもたげるのを感じた。思わず下半身が反応したが、ローナにも気づかれたにちがいない。

たけり狂う野獣にも似た炎の咆哮《ほうこう》がおさまりかけたとき、しゃがれ声で呼び交わす人の声が聞こえた。声がしたほうをふりかえると、ホースを手にした消防士たちの姿が見えた。ダンテはローナと自分を包んでいた球形のシールドを消して、すさまじい煙と熱に身をさらした。

その瞬間、熱い煙が肺のなかまで入りこんできた。ダンテは激しく咳きこんで、ふたたび息を吸おうとしたが、ローナがその場にくずおれるのを見て、力つきたように倒れてしまった。そこへ消防士たちがやってきた。

5

ローナは肌にちくちくする毛布にくるまって、救急車のバンパーに腰をおろしていた。夜気は暖かかったが、全身ずぶ濡《ぬ》れで、体の震えが止まらない。「ショック状態におちいったわけではないので安心してください」救急隊員の声がした。「血圧が少し高めですが、脈拍はほぼ正常です。震えが止まらないのは、体が水に濡れて冷えたせいでしょう」

周囲の音がくぐもって聞こえるような気がした。まるで、まわりの世界と自分とのあいだにガラスの壁があるみたいだ。頭が麻痺《まひ》して、なにも考えられない。自分の名前すら思い出せなくなっていて、救急隊員に氏名を確認されても、ちゃんとした返事ができなかった。それでも、カジノへバッグを持っていかなかったことだけは覚えていた。いつも現金を片方のポケットに、運転免許証をもう一方のポケットに入れて持ち歩いているのだ。ローナはポケットから免許証をとり出して、救急隊員に見せた。それは、ミズーリ州で発行されたものだった。ネヴァダで運転免許を得るためには、州内に居住して、安定した職業に就いていなければならない。今のローナは、とても〝安定した職業〟に就いているとは言いがたかった。

「お名前はローナ・クレイというのですね？」ローナは救急隊員の問いかけにうなずいた。

「喉が痛みますか？」救急隊員に重ねて問われ、ローナはふたたびうなずいた。そうすれば、沈黙しつづけている理由を詮索《せんさく》されずにすむと思ったのだ。救急隊員は彼女の喉をチェックして困惑の表情を浮かべたが、呼吸が楽になるよう酸素を吸入させながら言った。

「念のため、病院でくわしい検査をしてもらったほうがいいかもしれませんね」

冗談じゃないわ。病院へ行くつもりなどさらさらなかった。一刻も早く、この場から逃げ出さなければ……。

そう思ったにもかかわらず、ローナはダンテ・レイントリーが手当てをしてもらっているあいだ、そこにおとなしく座っていた。ダンテの顔は血で汚れていたが、傷はごく小さなものだった。「ぼくなら大丈夫だ。さいわい火傷《やけど》もしなかった。ふたりとも、運がよかったんだ」と救急隊員に言っているダンテの声がした。

〝運がよかった〟ですって？　もやのかかったローナの頭に、はっきりした考えが浮かんだ。ダンテのおかげで、ローナは火炎地獄のまっただなかで、永遠とも思える時間を過ごすはめになったのだ。ふたりとも、黒焦げの焼死体になっていたとしてもおかしくなかった。少なくとも、煙と熱のために気管を痛めて、呼吸困難におちいって当然だった。ローナは火の恐ろしさを知っていた。すべてを焼きつくす炎のなかにいて、無事でいられるはずがない。

それなのに——ローナは傷ひとつ負わなかった。トラックに轢《ひ》かれたような衝撃は残っているものの、火傷はまったくしていない。

本当なら、大火傷をしていたか、焼け死んでいたはずだ。でも、実際には無傷で救出された。その事実について考えれば考えるほど、ローナの頭はずきずき痛み、息をするのもままならなくなった。気のせいか、現実と自分とをへだてるガラスの壁が厚さを増したようだった。ローナはそこで考えるのをやめた。ぼんやりと座る彼女のまわりでは、悪夢のような光景がくりひろげられていた。無数のライトがひらめいて、大勢の人々が忙しそうに動き回っている。消防士たちは、勢いを失った炎が息を吹きかえさないよう、念入りにホースで水をかけていた。何台もの消防車が集まって、耳をふさぎたくなるほどうるさい音をまき散らしていたが、ローナはただじっと待っていた。

なにを待っているのか、自分でもよくわからない。こんなところにいてはだめ。夜の闇《やみ》にまぎれて姿を消してしまえばいい、と何百回となく思いはしても、それを実行に移すことが、どうしてもできなかった。今すぐここから逃げ出したいのに、体が動こうとしないのだ。ローナにできるのは……おとなしく座って待つことだけだった。

やがて、ダンテ・レイントリーが立ちあがった。ローナはわけのわからない衝動に駆られるように腰をあげた。ダンテが立ったから、自分もそうしなければならないような気がしたのだ。精神的に疲れ果てていたため、自分の行動にもっともらしい理由をつけることができなかった。

ダンテの顔は煤《すす》で真っ黒で、白目だけがやけに目立った。きっと、わたしの顔も似たようなものだろう。煤だらけの顔は、いやでも人目につくので、こっそり姿をくらますのは、ほとんど不可能だ。ダンテは誰かにもらった布切れで顔をふいたが、あまり効果はなかった。石鹸《せっけん》で洗わなければ、脂ぎった煤は落とせない。

ダンテは決然とした足取りで、警察関係者がたむろしているところへ向かった。そこには、制服警官が三人と、私服の刑事がふたりいた。ローナの胸に漠然とした不安がこみあげた。ちゃんとした証拠もないのに、ダンテはわたしをいかさま師として警察に突き出すつもりだろうか？　ローナはその場から動きたくなかったが、足が勝手にダンテについていってしまった。

これはどういうこと？　なぜわたしは、ここから立ち去ろうとしないの？　ローナは自問しつつ、考える力をとりもどそうとした。ダンテはわたしのほうを見向きもしなかった。今なら彼の目を盗んで逃げられるのでは？　煤まみれになっているのは、ローナだけではない。カジノの従業員や客のなかにまぎれこんでしまえば、誰にも見とがめられずに逃げられるだろう。自分の体が言うことを聞いてくれさえしたら……。

今日にかぎって頭が働かないのはなぜだろう？　思考回路は、表面的にはふだんと変わりないものの、脳の深層部が完全に麻痺しているようだった。ローナはなにかたいせつなことを忘れているような気がした。ほんの一瞬、頭に浮かんで消えてしまったなにかが、心に小さな不安の種をまく。ローナは眉間《みけん》にしわを寄せ、記憶の底を探ろうとしたが、頭痛がひどくなっただけだった。しかたなく、ローナは考えるのをやめた。

ダンテ・レイントリーは、ふたりの刑事に歩み寄って自己紹介した。ローナはできるだけ目立たないようにふるまったが、煤だらけの顔で、ダンテのすぐ後ろに立っていれば人目につくのは当然で、警官たちは、好奇と疑いの入りまじった目でローナを見た。彼女の心臓は、早鐘のようにとどろきはじめた。いかさま師として警察に突き出されたら、どうすればいいのだろう？　この場から走って逃げる？　それとも、狂人でも見るような目でダンテを見ればいい？　でも正気を失っているのは、羊のようにおとなしく、生贄《いけにえ》にされる瞬間を待っているわたしのほうだ。

生贄として捧《ささ》げられた羊のイメージは、ローナにこのうえない衝撃を与えた。わたしは無力な羊なんかじゃない。ローナは一歩後ろへさがろうとしたが、なぜか足が動かなかった。ダンテのそばを離れることが、どうしてもできないのだ。

〝ぼくのそばにいるんだ〟

声にならない声が脳裏にこだまして、頭痛がひどくなった。のろのろと額をさすりながら考える。あの言葉を耳にしたのは、どこでだった？　わたしはどうして、あの言葉に従わずにいられないの？

「ミスター・レイントリー、カジノで火が出たとき、あなたはどこにいましたか？」刑事のひとりがきいた。刑事たちは、きちんと名乗ってから事情聴取をはじめたが、ふたりの名前はローナの頭を素通りしてしまった。

「オフィスでミズ・クレイと話をしていました」ローナがすぐそばにいることを知っているのか、ダンテは後ろをふりむきもせずに言った。

ふたりの刑事は、さっきより鋭い目でローナを見た。「彼女の事情聴取は、わたしの相棒にやってもらいましょう。時間の節約になりますから」ダンテと話していた刑事が提案した。

時間の節約だなんて、もっともらしい嘘《うそ》をつくものだ、とローナは皮肉に考えた。刑事たちが、ふたりの事情聴取を別々に行いたがる本当の理由は、ほかにあるはずだった。彼らはローナがダンテの供述を聞き、口裏を合わせるのではないかと警戒しているのだ。経営不振におちいった店舗や企業のオーナーのなかには、損失を最小限にくいとめるため、自分の店や事業所に放火して保険金を詐取しようとする者がいる。

もうひとりの刑事がローナのかたわらに立ったとき、ダンテが肩越しにふりかえった。

「あまり遠くへ行かないでくれ。この人込みのなかで、きみを見失いたくない」

ダンテはなにをたくらんでいるのだろう？　ローナはいぶかった。あんな言い方をされたら、ふたりは恋人どうしだと刑事たちに誤解されてしまう。「向こうで話しましょう」ローナは刑事にうながされるまま歩きだしたが、ダンテから五メートルほど離れたところで不意に足を止めた。彼女の足は、それより遠くへ行くことを拒んでいるようだった。

「ここでいいですか？」そう言ったローナの声は、やけに弱々しく、かすれていた。まるで、数日ぶりに言葉を発したかのようだ。彼女の声は周囲の騒音にかき消されそうだった。

「いいですよ」刑事はあたりに視線を投げると、ローナがダンテに背を向けて立つように、さりげなく自分の位置を変えた。「わたしは所轄の刑事で、ハーヴィーといいます。あなたのお名前は……」

「ローナ・クレイ」今度は自分の名前をちゃんと言えた。ローナはひどい頭痛がやわらぐよう祈りつつ、また額をさすった。

「この街にお住まいですか？」

「ええ、今のところは。でも、ここに腰を落ち着けると決めたわけではありません」街から街へと流れ歩いてきたローナは、リノに長居をするつもりはなかったが、刑事に尋ねられるまま住所を教えた。過去に犯した罪らしい罪は、三年前のスピード違反だけで、罰金もすなおに払ったので、身元を調査されて困ることはない。いかさま師としてダンテ・レイントリーに告発されなければ、なにも心配はない。ローナは肩越しにふりかえり、ダンテのようすをうかがいたかったが、刑事の前で不安げなそぶりを見せるのは、自分の首を絞めるようなものだった。口裏を合わせるためにダンテの指示を仰ごうとしたと思われては大変だ。

「火が出たとき、あなたはどこにいましたか？」

ハーヴィー刑事は、その問いに対するダンテの答えを聞いていたにもかかわらず、ローナにも同じ質問をした。そうすることで、ふたりの供述にくいちがいがないか確認しようとしているのだ。「火が出た正確な時刻は知りません」ローナはいらだたしげな口調で言った。「でも、火災報知機が鳴りはじめたときは、ミスター・レイントリーのオフィスにいました」

「それは何時でした？」

「腕時計をしていないので、何時だったかわかりません。時計をはめていたとしても、時刻を確かめている余裕はなかったでしょう」

ハーヴィー刑事が、一瞬ゆるみかけた口元を引きしめた。彼は顎のあたりが少々たるんでいて、目のまわりにしわもあったが、人好きのする穏やかな顔をしていた。「正確な時刻がわからなくてもかまいません。カジノのセキュリティ・システムを調べればわかることですから。あなたがミスター・レイントリーのオフィスに入ってから火災報知機が鳴りだすまで、どのくらい時間がありましたか？」

返事に窮したローナは、ダンテのオフィスで体験した奇妙な出来事の数々を思い起こした。今ふりかえってみても、あの部屋で起こったことのすべてが尋常ではなかった。ローナは時間の経過に敏感なほうだったが、ダンテとともに過ごした時間の長さだけは、推しはかることができなかった。「わかりません。はっきり言えるのは、日暮れどきにオフィスに入っていったことだけです」

ハーヴィー刑事が彼女の供述を手帳にメモした。今の供述から、彼は妙な想像をめぐらしたかもしれないけれど、それならそれでいい。

「火災報知機が鳴ったあと、あなたたちはどうしましたか?」

「非常階段をめざして駆けました」

「おふたりがいたのは何階でした?」

今度は返事に困ることはなかった。カジノの警備担当者に連れられて乗りこんだエレベーターが停止するまで、ローナは階数を示す数字をじっと眺めていたのだ。「十九階でした」

ハーヴィー刑事がその数字を手帳に書きこむのを眺めながら、ローナは思った。もしもわたしが放火犯だったら、わざわざ十九階まであがって、火災報知機が鳴るまで待ったりしない。出火原因がなんであれ、ダンテ・レイントリーが火をつけたのではないことは明らかだったが、事実関係をはっきりさせるのは警官の務めだ。それにしても……火災の現場に所轄の刑事が駆けつけるのは、よくあることなのだろうか? 消防署の火災調査官が現場を見て出火原因を特定しなければ、放火と断定することはできないはずなのに。

「非常階段に着いたあとの状況を説明していただけますか？」

「非常階段は人でいっぱいでした」ローナは記憶の糸をたぐり寄せながら慎重に答えた。

「本当に……たくさんの人がいて、ほんの少し下りたところで、あとにも先にも進めなくなったんです。屋上へ逃げようとする人たちと、地上へ下りようとする人たちがぶつかってしまって」あたりには濃い煙がたちこめていて視界が悪く、前を通り過ぎる人々の姿が亡霊のようにおぼろげに見えた……。いいえ、それはもっとあとのことだ。初めのうち、煙はさほどひどくなかった。あとになってから――どうなったんだった？　記憶は混乱し、順を追って状況を説明するのがむずかしかった。

「続けてください」ローナが口をつぐんでしまったので、ハーヴィー刑事が先をうながした。

「ミスター・レイントリーが言ったんです――上へ行こうとしていた人たちに向かって――屋上へ避難しても助からないから引きかえせと」

「そこで言い争いに？」

「言い争いにはなりませんでした。全員が彼の指示に従って階段を下りはじめたんです。騒ぎを起こした人はいませんでした」あのとき、パニックにおちいったのは、わたしだけだった。わたしは息もできないくらいおびえていたのに、人々は整然と階段を下りていった。緊急事態なので、誰もが急いではいたものの、我先に逃げようとする者や、あわてて階段から転げ落ちる者はいなかった。今になって思うと、それは不自然きわまりないことだった。どうしてみんな、あんなに冷静でいられたのだろう？　炎の恐ろしさを知らないわけではないはずなのに。

そういえば、わたしも恐怖に駆られて走りだしたりしなかった。ダンテに抱きかかえられるようにして、一歩ずつ着実な足取りで非常階段を下りていった。

いいえ、そうじゃない。ダンテはわたしの腰に手を置いて、先へ進むようにうながしていただけだった。なのに……なぜ、わたしは駆けださなかったの？

避難中、ローナは心の内で恐怖の悲鳴をあげながら、ほかの人々と同じように、粛々と階段を下りていった。駆けだしたいという衝動を自制していたわけではない。自分の意志とは関係なく、目に見えない糸でマリオネットのように操られていたのだ。本当は走って逃げたかったのに、体が言うことを聞かなかった。

「ミズ・クレイ？」

避難していたときの記憶がよみがえり、ローナの息遣いが荒くなった。燃えさかる炎に向かって下りていくのは望んだことではなかったが、逃げようにも逃げられなかった。ローナは悪夢にとらえられたような気がした。逃げることも、悲鳴をあげることもできない悪夢に……。

「ミズ・クレイ？」

「あ……はい？」ローナはうつろな目をあげた。こちらを見つめる刑事の顔には、気遣うような表情と、いらだちの色が浮かんでいた。何度も刑事に名前を呼ばれたのに、ぼんやりしていて気づかなかったのだ。

「建物の外に出たあと、どうしました？」

ローナはぞくりと身を震わせると、気をとりなおして言った。「外には出ませんでした。一階まで下りたあと、ミスター・レイントリーは、ほかの人たちを駐車場へ避難させたんです。それから……わたしと……」ローナはそこで口ごもった。地上に下りたあと、わたしはほかの人たちと一緒に駐車場へ避難しようとした。そのとき、ダンテの声が聞こえたのだ。〝ぼくのそばにいるんだ〟という声が……。そしてわたしは、彼の指示どおりにした。炎に対する恐怖で半狂乱になっていたにもかかわらず、ダンテの命令にさからうことはできなかった。

〝ぼくのそばにいるんだ〟

ダンテが座ると、ローナも座った。ダンテが立てば、ローナも立ちあがった。ダンテが動こうとしないかぎり、一歩も動けなかった。

刑事の事情聴取を受けることになったとき、ダンテはローナに向かって、〝あまり遠くへ行かないでくれ〟と言った。それでようやくダンテのそばを離れることができたものの、あまり遠くへ行かないうちに、見えない壁にぶつかったように足が止まってしまった。

恐ろしい疑念がローナの心に芽生えた。ダンテは催眠術かなにかを駆使して、わたしの行動を支配しているのかもしれない。とすると、いつ、どうやってわたしに術をかけたのだろう？　彼のオフィスに入ってから、気味の悪い出来事が立て続けに起こった。ひょっとして、あそこにあったキャンドルに、幻覚作用のあるガスを放出する仕掛けがしてあったのだろうか。

「先を続けてください」ハーヴィー刑事の声が、彼女の思考の流れをさえぎった。

「わたしは彼と一緒に廊下を左に曲がりました」ローナはがたがた震えはじめた。毛布を体にきつく巻きつけて、体の震えを抑えようとしたが、効果はなかった。「ロビーへ向かったんです。そうしたら、火が――」たけり狂う野獣のような炎は、ふたりを見つけると、歓喜の咆哮《ほうこう》をあげて襲いかかってきた。すさまじい熱が肌を焼き、煙が喉をふさいだ。その直後……ふたりの周囲から煙が消えて、熱も感じなくなった。ふたりとも、一瞬のうちに火にのみこまれて当然だったのに、なぜかそうはならなかった。呼吸も普通にすることができた。炎の舌がフロアに敷かれた絨毯《じゆうたん》をなめ、ふたりのほうへ迫ってきても、熱さはまるで感じなかった。「ロビーに入ったら、火があっというまに天井を伝って、わたしたちの後ろへ回り、逃げ道をふさいだんです」

「座って話をしましょうか？」激しく身を震わせているローナを気遣い、ハーヴィー刑事が言った。ローナが失神する前に座らせたほうがいいと判断したのだろう。

できるものなら、ローナも座って話がしたかった。とはいえ、焼け焦げた瓦礫《がれき》が散乱し、煤で黒く濁った水が流れているアスファルトの上に腰をおろすことには抵抗があった。ハーヴィー刑事は、座って話ができる場所へ移動してはどうかと言いたかったのかもしれないが、これ以上ダンテから離れるのは、彼女にはできないことだった。「大丈夫です。震えが止まらないのは、水に濡れた体が冷えたせいですから」ローナは自分でも感心するほど控えめに言った。

しばらくのあいだ、ハーヴィー刑事は探るような目でローナを見ていたが、当人が大丈夫だと言っているのに、無理に座らせる必要はないと判断したようだった。「炎に逃げ道をふさがれてから、どうしました？」

あのとき、なんらかの〝エネルギー場《フォース》〟にとらえられたような気がしたことは黙っていたほうがいいだろう。『スター・ウォーズ』のファンでなければ、〝フォース〟がどうのこうのと言っても理解できないはずだ。髪に涼しい風を感じたことも、言わないほうがよさそうだった。幻覚でもないかぎり、炎のなかで涼しい風を感じるわけがない。

「どうすることもできませんでした。逃げ場を失い、ミスター・レイントリーが悪態をつくのが聞こえました。息ができなくなって、その場に倒れこんだとき、消防の人たちが駆けつけて、わたしたちを火の海から助け出してくれたんです」よけいな疑いを招かないよう、ローナはその夜の出来事をかなり省略して話した。実際、ふたりがロビーにいた時間は、そう長くなかったはずだ。目に見えないシールドが、ふたりを煙と熱から守ってくれたというのは幻想にすぎない。あのときはパニックにおちいっていたから、消防士がすぐそこまで来ていることに気づかなかったのだ。

もうひとつだけ、記憶の片隅に引っかかっていることがあるものの、それはあまりにも漠然としていて、つかみどころがなかった。あのとき、ロビーでなにかが起こった。それだけは確かだったが、具体的になにが起こったのか、ローナはどうしても思い出せなかった。自分の部屋に帰ってシャワーを浴びて、煤で汚れた髪を念入りに洗い、たっぷり睡眠をとったら思い出せるだろう。

ハーヴィー刑事はローナの肩越しに視線を投げてから手帳を閉じた。「幸運でしたね、命を落とさずにすんで。煙で喉を痛めなかったか、診てもらいましたか？」

「ええ。異常はありませんでした」ローナの喉は、救急隊員が困惑するほど良好な状態だったが、そのことはあえて言わなかった。

「ミスター・レイントリーには、まだ帰ってもらうわけにはいきませんが、あなたは行っていいですよ。ほかにお尋ねしたいことが出てくるかもしれないので、電話番号を教えてもらえますか？」

「もちろん」ローナは〝ほかにお尋ねしたいこと〟がなんなのかききたいのを我慢して、

携帯電話の番号を教えた。

「ご自宅に電話は？」

「ありません。この街に腰を落ち着けると決めたわけでもないのに電話を引くのは、もったいないような気がして」

「かまいませんよ。ご協力ありがとうございました」ハーヴィー刑事が軽く会釈した。

ローナは口元をかすかにほころばせ、相棒のところへもどっていくハーヴィー刑事を見送ったが、そのほほえみはすぐ消えてしまった。疲れきった体は煤まみれだ。頭も痛くてたまらない。事情聴取がすんだ今、ここにとどまっていなければならない理由はないはずだ。

そう考えて何度もその場から立ち去ろうとしたが、どういうわけか足を動かすことができなかった。ローナはつのるいらだちを感じた。わたしはさっき、自分の足でここまで歩いてきた。それなのになぜ、ここから歩き去ることができないの？　ひょっとして、この場から一歩も動けなくなったの？　その疑問を解くために後ろへさがってみると、足はちゃんと動いた。

試しに、一歩前に足を踏み出してみた。すると、今度はすんなりと足が前に出た。ローナは安堵《あんど》の吐息をもらした。歩こうとするだけで、こんなに苦労するなんて、よほど疲れているらしい。ローナはため息をつき、もう一歩前に足を踏み出そうとした。

足は、ぴくりとも動かなかった。

どうしても、そこから前に進めないのだ。まるで、目に見えない鎖でダンテ・レイントリーにつながれているようだった。

信じられない。ローナは寒けを覚えると同時に、激しい怒りがこみあげてくるのを感じた。やはりダンテは、わたしに催眠術かなにかをかけたのだ。でも、いつ、どうやって？オフィスにいたとき、〝きみはだんだん眠くなる〟とダンテに言われた覚えはない。それに、相手が完全にリラックスした状態にならなければ、催眠術はかけられないはずだ。人が簡単に催眠術にかけられて、意に反した行動をとるのは、映画のなかやステージの上だけだった。

腕時計をつけていたら、ダンテのオフィスに入ったときから、火災報知機が鳴りはじめるまでの時間的な矛盾に気づいたはずだ。日没時間はだいたいわかっているので、オフィスに入っていった時刻もほぼ正確に推測できる。火災報知機が何時に鳴ったかは、確かめなければわからなかった。ダンテのオフィスにいたのは、おそらく三十分ぐらいじゃないだろうか。そう思ったが、確信はなかった。ダンテのオフィスで見せられた悩ましい幻は、もっと長かったかもしれない。

どんな方法を使ったのかわからないけれど、ダンテがわたしの行動をコントロールしていることは確かだ。〝ぼくのそばにいるんだ〟とダンテに命じられ、火炎地獄のまっただなかまでついていった。ダンテから一定の距離までしか離れられないのは、〝あまり遠くへ行かないでくれ〟と言われたからだとしか思えなかった。

肩越しにふりかえると、ダンテはひとりで立っていた。どうやら、彼の事情聴取も終わったようだ。深刻な顔をしてローナを見つめていたダンテの唇が動いた。周囲の騒音にかき消され、彼の声は聞こえなかったが、その唇の動きから、彼が発した言葉の内容を推しはかることはできた。

〝こっちへ来てくれ〟

6

　ローナはダンテに歩み寄った。そうせずにいられなかったのだ。頭皮がちくちくして、全身に寒けが走ったが、足はひとりでに動きはじめた。ローナは愕然《がくぜん》として目をみはった。ダンテはどうやってわたしを操っているの？　だが、問題はどのように操っているかの方法ではなく、彼がローナを意のままに動かしているという事実だった。行動を他人にコントロールされていたら、どんな目に遭わされるかわからない。

　ローナは助けを呼ぶこともできなかった。助けを求めたところで、誰も信じないだろう。麻薬をやって幻覚に襲われていると思われるか、情緒不安定と見なされるのが落ちだった。周囲の同情は、ダンテに集中するはずだ。カジノが焼失したことで収入の道を絶たれたあげく、おかしな女に妙な言いがかりをつけられたら、誰もが彼を気の毒に思うだろう。ローナは〝助けて！　足がひとりでに動くの！　あの人がわたしを操っているのよ！〟と叫んでいる自分の姿が目に浮かぶような気がした。

　そのイメージを実行に移しても、窮地を脱することは——不可能だった。

ローナが近づいてくるのを見て、ダンテが満足げな笑みを浮かべた。それを目にしたローナは、猛烈に腹が立った。無力さを思い知らされるより、腹を立てているほうがましだ。世間の荒波にもまれて生きてきたローナは、怒りを隠してダンテに歩み寄った。煤《すす》で真っ黒になった彼女の顔を見ても、表情の微妙な変化は読みとれなかっただろうが……。ローナは右腕を体に引きつけ、肘をほんの少し曲げて、肩と背中の筋肉に力をこめた。そして、ダンテの目の前に立ったところで、強烈なパンチを顎に一発お見舞いした。

不意打ちは大成功だった。ダンテの顎にまともに当たったこぶしに痛みは走ったが、相手にパンチをくらわせることができた満足感のほうが大きかった。ダンテはローナのきつい一発をくらってよろめきはしたものの、しなやかな身のこなしで、すぐバランスをとりもどした。そして、二発めをくらう前に彼女の手首をとらえ、そのまま自分のほうへぐいと引き寄せた。

「ぼくは殴られて当然だ」ダンテはローナにだけ聞こえるように顔を寄せて言った。「だが、甘んじて受けるパンチは一発だけだ」

「放してよ」ローナは噛《か》みつくように言った。「これ以上、人を操るのはやめて」

「気づいていたんだな」ダンテが淡々とした口調で言った。

「ええ、遅まきながら。炎のなかに連れていかれたおかげで、すっかり頭の回転が鈍くなったけれど」ローナは辛辣《しんらつ》に言った。「あなたがどんな方法で、なぜわたしを操っているのかは知らないわ。でも――」

「ぼくがきみをそばに置いておく理由は、火を見るよりも明らかだと思うが」

「大量の煙を吸いこんで、脳が酸欠状態になったせいかしら。わたしにはさっぱりわからないわ」

「きみがカジノでいかさまを働いたからだ。この騒ぎでぼくがそのことを忘れたと思ったのか？」

「わたしはいかさまなんか――ちょっと待って。非常階段を下りている最中に、わたしを催眠術にかけることはできなかったはずよ。とすると、火災報知機が鳴りだす前、オフィスにいるあいだに催眠術をかけたことになる。どういうことなのか、きっちり説明して！」

ダンテが口元をほころばせた。煤で顔が黒く汚れているせいか、歯の白さがやけに目についた。「困ったな」

「とにかく、このわけのわからないおまじないだか催眠術をさっさと解いて。あなたには、わたしを束縛することはできないはずよ」

「現にこうして、ぼくに束縛されているのに？」

ローナは頭から湯気が出そうなほど腹が立った。怒りを覚えたことは数えきれないほどあるし、憤慨したことも何度かあった。とはいえ、こんなふうに激高したことはない。今この瞬間まで、〝怒りを覚える〟のも、〝憤慨する〟のも、〝激高する〟のも同じだと思っていた。だが今は、その違いがよくわかった。〝激高する〟という言葉には、いらだちがこめられているのだ。ローナはふがいない自分がいやでたまらなかった。今までの人生は、二度と無力な犠牲者にならないために費やされてきたのだ。

「わたしを解放しなさい」ローナは歯噛みして言った。かろうじて自制心を保っていられるのは、今ここでヒステリックにわめいても、ダンテは動じないとわかっていたからだ。へたに騒げば、自分がまわりから白い目で見られるだけだ。

「まだだめだ。訊きたいことが、いくつかあるのでね」ローナの怒りをよそに、ダンテは周囲の惨状を見渡した。あたりには、鼻をつく煙のにおいが漂っている。緊急車両の警告灯がストロボのようにひらめくのを見ているうちに、ローナは額に杭《くい》を打ちこまれているような錯覚におちいった。まだくすぶっている焼け跡から、息を吹きかえしたように火の手があがると、消防士たちがすかさず放水して消し止めた。警察が張りめぐらした立ち入り禁止のテープの向こうは、火事を見に集まった野次馬でいっぱいだ。

　ローナが目にした光景はダンテが見たものと同じだったが、ひらめく光が彼女に火の玉を連想させた。いいえ、違う……火の玉じゃないわ……なにか別のものよ。ローナはすさまじい頭痛に襲われて、思わずあえいだ。

「だったら、早く訊きなさいよ」ローナは痛む頭に手を当てながら噛みついた。

「ここではだめだ」ダンテがローナのほうに目をやった。「大丈夫か?」

「頭が割れそうに痛いの。あなたが紳士だったら、今すぐうちへ帰ってベッドで横になれるのに」

ダンテが思案顔でローナを見た。「あいにく、ぼくは紳士ではないのでね、訴えたければ訴えたらいい。いい子だから、ここでおとなしく待っていてくれ。まだ、火災現場を離れるわけにはいかないんだ。用がすんだら、ぼくの家で話の続きをしよう」

ローナは口を閉ざし、去っていくダンテを見送りながら、その場に立ちつくしていた。あんな男、地獄に堕《お》ちればいいんだわ。目に怒りの涙があふれ、煤で汚れた頬を伝い落ちた。ローナは両手で涙をぬぐいながら考えた。少なくとも、両手の動きまでは封じられずにすんだみたいだ。歩くことも、口をきくこともできなかったが、涙に濡《ぬ》れた顔をふくことはできた。神様のおぼしめしがあれば、もう一度ダンテ・レイントリーにパンチをお見舞いしてやれるだろう。

そう考えたところで、全身に鳥肌が立った。さっきまでの怒りは、頭がしびれるような恐怖に打ち砕かれてしまった。

あの男は、いったい何者なの?

警察が張りめぐらした立ち入り禁止のテープの向こう側から見物していた一組の男女は、

火災現場に背を向けると、近くに停《と》めてあった車のほうへ重い足取りでもどりはじめた。

「失敗だわ」女のほうが暗い口調でつぶやいた。彼女の名はエリン・キャンベル。エリンは炎の使い手として、アンサラ一族の長につぐ実力を持っていた。ダンテ・レイントリーについて、ふたりが知らないことはないはずだった。ふたりは今夜、強力な術を駆使して、炎の使い手であるエリンの力を解放した。にもかかわらず、レイントリー一族の長を抹殺するという使命を果たすことはできなかった。

「ああ、失敗だ」ルーベン・マクウィリアムズがかぶりをふった。ふたりで綿密に計画し、実行に移した今夜の作戦は、結果らしい結果を出すことなく終わってしまった。「どうしてうまくいかなかったんだろう？」

「わからないわ。絶対に成功すると思っていたのに……。あれほどの猛火を抑える力は誰にもないはずよ。今夜の火事は、一族の長にもコントロールできない規模のものだったわ」

「とすると、ダンテは過去に例がないほど強大な力を持っているのかもしれないな。でなければ、とんでもない幸運に恵まれているんだ」

「ダンテは現場で火を消そうとするはずだ、というわたしたちの予想がはずれたのかもしれない。あの男は炎の勢いにおそれをなして、はやばやと避難したんじゃないかしら」

ルーベンがため息をついた。「そうだな。やつは予想以上に早い段階で火災現場から救出されたのかもしれない」

エリンは星がきらめく夜空を見あげた。「今夜の作戦が失敗した理由として、考えられるケースはふたつあるわ。ひとつめは、あの男が臆病《おくびょう》風に吹かれて、炎に闘いを挑むことなく避難したケース。もうひとつは、あの男の力が、わたしたちの予想をはるかに超えていたケース。ふたつめのほうがもっともらしく思えるけど、どっちにしても、カイルはいい顔をしないでしょうね」

ルーベンがふたたびため息をついた。「これ以上、ここで議論していてもしかたがない。結果を報告しないと」そう言って、ポケットから携帯電話をとり出そうとした彼の手をエリンが押さえた。

「携帯はやめておいたほうがいいわ。盗聴のおそれがあるから。ホテルに帰って、客室に設置された電話を使ったほうが安心よ」

「それもそうだな」カイル・アンサラへの報告を遅らせることができるなら、どんな理由であれ大歓迎だ、とルーベンは思った。カイルはルーベンの母方の従兄弟《いとこ》だった。身内にも冷淡なその性格は、愛人の子として育ったせいだろう、とルーベンはかねがね思っていた。アンサラ一族の長であるユダの意向にそむき、ひそかにカイルと語らって行動を起こしたのは愚かなことだったのかもしれない。二百年にわたる一族再建の努力の結果、アンサラ一族はレイントリー一族をしのぐ力を得たというカイルの主張に乗せられたのがいけなかったのだろう。カイルの主張そのものが間違っていたのかもしれなかった。

カイルの性格からすると、ダンテ・レイントリーは火の勢いにおそれをなして逃げ出したと考えるはずだった。ダンテの力が、自分たちの想像をはるかに超えている可能性については考えもしないだろう。だが、もしもダンテ・レイントリーが史上最強のサイキックだとしたら？　カイルのくわだては悲惨な結末を迎え、アンサラ一族はふたたび存亡の危機にさらされるだろう。レイントリー一族との激闘に敗れてから、現在の勢力をとりもどすのに二百年もかかったというのに。

カイルは自分の間違いをすなおに認めるような男ではなかった。今夜の作戦が失敗に終わったのは、エリンとぼくになんらかの落ち度があったからだと考えるかもしれない。でなければ、ダンテ・レイントリーが、臆病な本性をはからずもさらけ出したと考えるはずだ。エリンとぼくの側にミスはなかった。すべてが予定どおりに進行した――にもかかわらず、予定外の結果が出てしまったのだ。本当なら、ダンテは炎との闘いに敗れて死んでいたはずだった。炎の使い手は、火というものに対して、愛と憎しみの入りまじった複雑な感情を抱いている。炎の使い手にとって、火に焼かれて死ぬのは、このうえなく皮肉な末路と言えるだろう。だが、ダンテは無傷で救出された。煤で真っ黒になり、少しばかり火傷《やけど》を負っていたかもしれないが、怪我《けが》らしい怪我はしていなかった。

頭に銃弾を一発ぶちこんでやれば、相手は確実に死ぬだろうが、さすがのカイルもそこまで露骨なまねはしたがらなかった。明らかに殺人とわかる方法でダンテを始末したら、レイントリー一族を警戒させてしまう。とはいうものの、事故をよそおって敵を消すのは、たやすいことではない。カイルの狙《ねら》いは、誰の疑いも招かずに、レイントリーの血を最も濃く受け継いでいる者たちを抹殺することだった。今夜の火事は、そのために起こしたものだ。レイントリー一族は、ダンテがカジノとホテルを守ろうとして炎に果敢な闘いを挑み、悲劇的な死をとげたと考えるだろう。

アンサラ一族に疑いがかからないような事故をしくむのは、ほぼ実現不可能なのだが、カイルはその事実を認めようとしなかった。完璧《かんぺき》に見える作戦にも、齟齬《そご》が生じることがある。今夜の作戦が失敗に終わったのは、なんらかの問題が発生したからだとしか思えなかった。

ダンテ・レイントリーはまだ生きている。それは想定外の出来事だった。

〈安息の地〉と呼ばれるレイントリー一族の本拠に大規模な攻撃がかけられる夏至まで、あと一週間。ルーベンとエリンに残された時間も一週間しかなかった。夏至までにダンテ・レイントリーを始末しなければ、ルーベンとエリンがカイルの手にかかり、あの世へ送られることになるだろう。

7

ダンテは厳しい表情で、ローナを置いてきた場所へもどっていった。本当は、まだ火災現場を離れたくないのだが、ここで自分にできることは、もうなにもなかった。刑事の事情聴取を受けたあと、まずカジノの従業員の無事を確認した。その結果、犠牲者がいたことがわかり、ダンテは深い悲しみと激しい怒りを覚えた。まだくすぶっている焼け跡から、ひとつの遺体が運び出されていたのだ。警察が不明者の確認をしているものの、今夜の火事による犠牲者の総数がわかるまでには、二、三日かかりそうだった。

警備主任のアル・レイバーンは、煙で喉を痛めて咳《せき》をしていたが、病院へ行くことをかたくなに拒み、避難してきた客たちの混乱をおさめる手伝いをしていた。ホテルの従業員たちの働きも、称賛すべきものだった。ホテルそのものは、たいした被害を受けずにすんだ。最も被害が大きかったのは、カジノとホテルを結ぶロビーのあたりだ。ダンテが炎との闘いをくりひろげたのも、そこだった。ホテルの宿泊客と従業員は、ひとりの犠牲者も出すことなく避難を終えていた。軽傷者が何人か出たものの、重傷を負った者はいなかった。煙の被害が一番ひどく、臭気をとりのぞくためにホテルじゅうの消毒と清掃をする必要がありそうだった。駐車デッキとホテルがほぼ無傷で残ったのは、不幸中のさいわいと言えるだろう。二週間もあれば営業を再開できるはずだ。問題は、カジノのないホテルに泊まりたがる客がいるかどうかだった。

カジノのほうは全焼してしまった。カジノの前の駐車場に停《と》めてあった車が二十台ほど被害を受け、駐車場そのものも、今は惨憺《さんたん》たるありさまだ。火傷《やけど》を負った者や、煙で喉を痛めた者が五十名ほどいたが、その全員が病院に搬送されて治療を受けていた。

当然のことながら、火災現場に駆けつけたマスコミの取材攻勢もすさまじかった。ダンテは従業員を組織しなおして事態の収拾をはかろうとしたが、強引にインタビューを求めてくるマスコミ関係者に何度も邪魔をされてしまった。それでも、ホテルの客のために別の宿泊先を確保することはできた。警備主任のアルと話し合い、宿泊客が部屋から荷物をとってこられるようにとりはからいもした。ホテルの宿泊客をよそおった泥棒が客室に入りこまないよう、警備員を配置するのも忘れなかった。ダンテは保険会社の査定人の相手もしなければならなかった。ギデオンとマーシーがテレビでニュースを観《み》る前に、電話で無事を知らせる必要もある。アメリカ東部にいるふたりが火事のことをニュースで知るのは時間の問題なので、できるだけ急いで連絡しなければならない。

今夜、ここでできることは、もうなにもなかった。あとは有能な従業員たちにまかせておけば安心だ。なにか問題が生じたら、電話で自宅のほうに連絡が入るだろう。そろそろ家に帰って、煤《すす》で汚れた体をきれいにしよう。

だがその前に、ローナの問題をかたづけなくては。

ダンテにとって、今夜は初めての経験の連続だった。今まで、彼はマインド・コントロールで大勢の人間を動かしたことがなかった。そもそも、自分にそういう能力があることすら知らなかったのだ。火事という緊急事態だったから、ふだんの自分にない力を発揮できたのだろうと思ったが、客を無事に避難させたあとも、ちょっとした言葉と思念でローナの行動を制限することは可能だった。とすると、今夜の火事から受けた刺激によって、新しい能力が開花したわけではない。ダンテは今夜、未知の領域に足を踏み入れたのだ。いや、気をつけないと、新たに得た力を濫用してしまいそうだった。いや、もうすでに濫用している。ローナに尋ねたら、〝そのとおりよ〟という答えが返ってくるはずだ――だが、ダンテがマインド・コントロールを解かなければ、彼女は声を出すことすらできないだろう。

他人の精神エネルギーを強引に奪いとったのは、ダンテにとって初めての経験だった。そのときに受けたショックのせいで、ローナは茫然《ぼうぜん》として無気力状態におちいり、自分の名前すら思い出せなくなった。彼女の記憶がどの程度欠落し、いつまでこの状態が続くのかは、経過を観察しなければわからない。ローナはすでに回復のきざしを見せていたが、まだ思い出せないことも多いようだった。ぼくを待っているあいだに記憶がもどったなら、ローナをマインド・コントロールから解放する前に、自分は護身用の防具を探したほうがいいかもしれない。

ローナはアンサラの手の者なのだろうか？　その疑問に対する答えを彼女から引き出さなければならない――今すぐに。

ローナがアンサラ一族とかかわりがあるかどうか、ダンテにはよくわからなかった。もしも彼女がアンサラの血を引いていたら、あれほどあっさり精神エネルギーを奪われなかったはずだし、彼のマインド・コントロールに屈することもなかったはずだ。レイントリー一族がそうであるように、アンサラ一族も、それぞれが持って生まれた特殊な力を制御する方法を幼いころから教えこまれている。そんな人間が、簡単にマインド・コントロールされるはずはない。ダンテは今まで、他人を思念で支配できる人間に出会ったことがなかった。とはいえ、六代前のおばにあたる女性が、そういう能力の持ち主だったという話は聞いたことがあった。めずらしいかどうかは別にして、思念で他人を支配できる者が実在したことは事実なので、レイントリー一族はみな、心をガードする方法を身につけている。レイントリー一族と似たような能力を持つアンサラ一族も、同様の訓練を受けているはずだ。とすると、心をガードするすべをまるで知らないローナは、アンサラ一族とは無関係ということになる。

もしくは巧妙に無知をよそおい、マインド・コントロールにかかっているふりをしていたのかもしれない。ダンテが声に出して命じたので、それに従うのはむずかしいことではなかったはずだ。炎を操る力がローナにもあるとしたら、ダンテが消そうとした火をふたたび燃えあがらせることもできただろう。だが、実際に彼女がそうしたとは思えなかった。ローナが炎の使い手だったなら、ダンテに精神エネルギーを吸いとられたあと、火の勢いは衰えていたはず。そうならなかったのは、ローナとは別の人間が炎を操っていたからだ。それでも、ローナがダンテの集中力を鈍らせて、消火の邪魔をした可能性は否定できなかった。

ローナはやはり、アンサラの血を引いているのだろうか？　それとも、そうではないのか？　その答えは、じきに出るはずだった。もしもローナがアンサラ一族とは無関係だとすると……彼女はぼくの敵ではない。ぼくはローナにひどいことをしてしまった。でもあのときはああして彼女のエネルギーを奪うしかなかったのだ。事情を説明している暇もなかった。ローナには謝罪する必要があるかもしれない、とダンテは思ったが、自分がああいった行動に出たことを悔やんではいなかった。ローナがあのときあそこにいて、ありあまるパワーを与えてくれたことに感謝しなければならない。

引き上げ準備にとりかかった消防士たちを横目で見ながら、消防車の向こう側の歩道にまわりこんだ。そこまで来て初めて、ローナの姿が目に入った。彼女はダンテと別れた場所から一歩も動いていなかったが、消防士たちの邪魔になってはいないようだった。髪は煤と煙と水にまみれ、全身から疲労感がにじみ出ている。支給された毛布にくるまって立ちつくし、ふらふらしていて今にも倒れそうだ。ダンテはそのようすを見て気の毒に思うと同時に、かすかないらだちを覚えた。ローナはなぜ、腰をおろして待っていなかったのだろう？　彼女に座ることまで禁じた覚えはないのだが……。

煤で真っ黒になったローナを愛車に乗せることにふと抵抗を感じたが、すぐに考えなおした。彼女と同じように煤にまみれているぼくが、シートの心配をしてもはじまらない。それに、シートが汚れたからといって騒ぐことはない。汚れは洗えば落ちるのだから。

ダンテの姿を目にした瞬間、ローナの瞳に怒りがひらめいた。ひどい疲れも吹き飛んでしまったようだ。それは、ダンテの予想どおりの反応だった。あれだけの試練を受けたにもかかわらず、ローナは倒れることなく、自分の足でちゃんと立っている。彼女の内に秘められたパワーは、とてつもなく大きいのだ。ローナは果たして、その事実に気づいているだろうか？

「一緒に来るんだ」ダンテが言うと、ローナはすなおについてきた。

とはいえ、彼の腕をつかんで自分のほうを向かせた彼女の態度には、有無を言わせないものがあった。ローナは怒りに燃える目でダンテを見ながら、いらだたしげに自分の口元を指さした。口をきけるようにしてくれ、と訴えているのだ。きっと、言いたいことが山ほどあるのだろう。

ダンテはマインド・コントロールを解こうとして思いとどまり、にやりと笑ってみせた。

「ぼくはもう少し沈黙にひたっていたいんだ」ローナの機嫌をそこねるのを承知で、ダンテは言った。「きみの話は、ふたりきりになってから、ゆっくり聞かせてもらうよ」

ダンテの愛車は、関係者用エレベーターの横にある専用の駐車スペースに停めてあったが、アルがひそかに部下に命じて、すでに別のところへ移動させてあった。カジノやホテルの客のなかには、身分証明書がないために、車を駐車場から動かせない人がいる。そういった人たちが気分を害さないようアルが気を遣ってくれたのだ。今夜どうしても車が必要だという人々のためには、いろいろと便宜をとりはからっていた。ホテルの客を新たな宿泊先へ送りとどけるシャトル・バスも用意した。カジノやホテルの客のため、ダンテは自分にできることはすべてやったつもりだった。それでも、経営責任者である彼が、客に忍耐を強いながら、愛車で自宅に帰ったことがわかったら、苦情が殺到するにちがいない。

ロータスの漆黒のスポーツカーは、カジノの広大な駐車場の片隅で、アイドリングしながらダンテを待っていた。そこなら、緊急出動した何台もの消防車やパトカーが壁となり、火災現場につめかけた野次馬の目も届かない。ローナを連れたダンテが愛車に近づくと、運転席のドアが開いて、顔見知りの警備員が外に出てきた。「お乗りください、ミスター・レイントリー」

「ありがとう、ホセ」ダンテはローナのために助手席のドアを開けてやった。ローナは殺意のにじむ目で彼をにらみつけると、車に乗りこみながら彼のみぞおちを肘で一撃した。ダンテは痛みをこらえつつ、勢いよく助手席のドアを閉めてから、運転席の側に回った。

身長百八十五センチで、筋骨たくましい体格のダンテにとって、車体の低いロータスの座席は、いささか窮屈だった。それでも、自己主張したい気分になったら、ロータスを飛ばすことにしている。快適さを求めるときは、ジャガーに乗った。今夜のダンテは、アクセルをぎりぎりまで踏みこんで田舎道を飛ばし、鬱積《うっせき》した怒りと悲しみを発散したい気分だった。ロータスのスポーツカーは、十秒もあれば、百五十キロまで一気に加速できる。

だが実際は、冷静さを失うことなく、慎重にロータスを走らせた。抑えに抑えてきた感情を、ここで爆発させるわけにはいかない。さいわい、今は夜で太陽も出ていないので自制心も働いた。とはいうものの、夏至が近いこともあり、油断は禁物だった。ひょっとして……今夜の火事は、ぼくが引き起こしたのだろうか？　ひとりの人間の命が失われた責任は、ぼくにあるのか？

消防署長の話によると、出火地点はカジノの裏手の電気系統が集中している場所らしかったが、今はまだ鎮火したばかりで現場が熱く、調査官が入れるような状態ではないとのことだった。電気系統に問題があって火が出たなら、ぼくのせいではない。だが、出火原因がほかにある可能性はないのだろうか？　ローナに会ったときから、ダンテの自制心は揺らいでいた。沈みゆく太陽の光を浴びて、彼女の髪が赤く燃えあがるのを見た瞬間、我を忘れてしまったのだ。その結果、自分でも気づかないうちに、オフィスにあったキャンドルに火をともしてしまった。あのとき、ほかのなにかにも火がついたのではないだろうか？

いいや、そんなはずはない。火が出た原因がぼくにあるなら、ホテルとカジノのあちこちで火の手があがったはずだ。カジノで火が出た原因は、ほかにある。ローナとの出会いによって、ぼくが自制心を失いかけたのと同じタイミングで出火したのは、ただの偶然にすぎない。

三十分ほどで自宅に着くと、ダンテはリモコンを操作して門を開け、曲がりくねった私道をたどって母屋をめざした。母屋は三階建てで、シエラ・ネヴァダ山脈の東のふところに抱かれていた。ダンテはリモコンの別のボタンを押してガレージの扉を開けると、宇宙ステーションにシャトルをドッキングさせる宇宙飛行士のようにスムーズに、愛車のロータスを駐車スペースに入れた。その隣には、シルバーにきらめくジャガーが停めてあった。

「一緒に来るんだ」うながされるまま、ローナは車から降りたが、ダンテのほうは見向きもしなかった。ダンテはローナを先に立たせ、掃除の行きとどいたキッチンに入っていった。そして、セキュリティ・システムのセンサーがふたりを侵入者と勘違いして作動しないよう、暗証番号を打ちこんだ。話がすんだら、ローナを街まで送っていこうか、とダンテは思ったが、今夜は疲れているのでやめた。ローナには、一晩ここで過ごしてもらえばいい。必要なら、マインド・コントロールをして言うことを聞かせるつもりだった。ローナはいやがるだろうが、我慢してもらうしかない。今夜はさんざんな目に遭ったので、ローナを車に乗せて街まで送っていく気にはなれなかった。

ダンテはセキュリティ・システムをリセットし、ローナのほうをふりかえった。一メートルほど離れたところで、彼に背を向けて立っている彼女は、肩をそびやかし、昂然《こうぜん》と顔をあげていた。

ダンテは静寂との別れを惜しみつつ言った。「声を出してもいいぞ」

ローナがくるりとふりかえり、両のこぶしをかためるのを見て、ダンテは罵詈雑言《ばりぞうごん》を浴びせられるのを覚悟した。

「トイレを使わせて！」ローナが大声で要求した。

8

ローナの心にもっと余裕があったなら、ダンテの表情の急激な変化はこっけいに見えただろう。ダンテは一瞬、驚いたように目を丸くしたが、すぐさま状況を理解して、短い廊下を指さした。「トイレは右側の最初のドアだ」

ローナはあわてて一歩前に出たところで、凍りついたように足を止めた。ダンテはまだわたしの行動を束縛しているんだわ！　ローナは怒りに燃える目でダンテを見た。

「あまり遠くへ行くんじゃないぞ」ダンテは彼女が前へ進めずにいることに気づき、その行動範囲が広がるようにマインド・コントロールに修正を加えた。

トイレに駆けこんだローナは、力まかせにドアを閉め、鍵《かぎ》もかけずに便器に座りこんだ。ほっとすると同時に、体に震えが走った。

それからしばらくのあいだ、両目を閉じて、神経の高ぶりを静めようと努力した。とうとう、あの男の家に連れこまれてしまった！　あの男は、わたしをどうするつもりなの？　ダンテという男が何者であるにせよ、ローナの行動を完全に支配していることは確かだった。火災現場で待たされているあいだ、ローナは必死に彼の支配から逃れようとした。けれども、足を動かすことはもちろん、声を出すことすらできず、恐怖で気が変になるのではないかと思った。おかげで、精神的なトラウマが残りそうだ。かなうものなら、大声でわめきながら足を踏み鳴らし、つのりつのった怒りを発散したい。

閉じていた目を開けて、トイレの水を流そうとしたとき、ダンテの声がした。ローナは耳をそばだてて、彼の言葉を聞きとろうとした。ここにいるのは、あの男とわたしだけではなかったの？　安堵《あんど》らしきものを覚えたとき、ローナはダンテが電話をかけているのだと気づいた。

「寝ていたところを起こしてすまなかったな」少し間を置いてから、ダンテが続けた。「カジノで火事があったんだ。そうとうな被害を受けたが、最悪の事態は避けることができた。おまえが朝のテレビ番組で火事のニュースを観《み》て心配するといけないと思って電話したんだ。あとでマーシーに電話して、ぼくの無事を伝えてくれ。ぼくは忙しくて、電話をしている暇がないと思うから」

ふたたび間があった。

「心遣いはうれしいが、そこまでする必要はない。今週は仕事でリノのほうへ来る予定もないんだろう？　こっちはこっちでなんとかやっているから心配いらない。事後処理に忙殺される前に、おまえに火事のことを伝えておきたかったんだ」

　それから一分ほど、電話でのやりとりが続いた。ダンテは言葉をつくして、電話の向こうにいる相手を安心させようとした。

「いいや、わざわざ手伝いに来ないでいい。すべては順調——とは言わないが、ぼくの手にあまる事態ではない。犠牲者は今のところ一名だ。カジノは全焼してしまったが、ホテルのほうは、たいした被害を受けずにすんだ」

　電話を切ったあと、ダンテが抑えた声で悪態をついた。その直後、どんという音がした。こぶしで壁を殴りつけたのだろうか？

　まさかね、とローナは思った。ダンテはそんなことをするようなタイプには見えない。とはいえ、彼のことをよく知っているわけではないので、見た目で判断するのは危険だった。ダンテはいつも、腹立ちまぎれに壁をこぶしで殴りつけているのかもしれない。でなければ、失神して床に倒れこんだのだろう。

　もしそうなら、いいきみだ。あの男が気を失っているあいだに、蹴《け》りを入れてやろう。

　ダンテが失神したかどうかを確かめるには、トイレから出ていくしかない。ローナはしかたなく水を流して、洗面台で手を洗おうとした。洗面台は落ち着いたゴールデン・ブラウンの大理石張りで、蛇口もゴールドだ。ローナは蛇口のほうにのばした手をふと止めた。煤《すす》で黒く汚れた自分の手を、豪華な洗面台で洗うことにためらいを覚えたのだ。それから顔をあげて鏡を見た。

鏡に映った自分の姿は、見るもおぞましいものだった。濡《ぬ》れた髪は煤にまみれて頭にはりつき、煙のいやなにおいがしみついていた。顔も真っ黒で、どこに鼻と口があるのかわからない。かろうじてそこにあるとわかる目も、真っ赤に充血している。まるで、地獄からさまよい出た赤い目の悪魔が、鏡の向こうからこっちを見ているようだ。

ローナは思わず身を震わせた。わたしはあやうく焼け死ぬところだったんだわ。目の前まで迫ってきた炎に髪を焼かれずにすんだのだから、煤まみれになっていても文句は言えない。シャンプーをたっぷりつけて洗えば髪はまたきれいになるし、肌にこびりついた煤もこすり落とせる。着ている服は捨てなければならないだろうが、着替えはいくらでもあった。それにしても、かすり傷ひとつ負わずに生きのびることができたのはなぜ？

ローナは煤にまみれた手に石鹸《せっけん》をなすりつけ、水で汚れを洗い流した。それからまた石鹸をつけなおし、今夜の出来事を思い返そうとすると、おさまっていた頭痛がぶりかえしてしまった。ローナは激しい痛みに耐えながら、洗面台の端に石鹸だらけの手をついた。

さまざまな記憶の断片が頭のなかでぐるぐる回りはじめたが、それらはひとつにつながりそうで、つながらない。

わたしは焼け死んで当然だった……。

髪が焼け落ちて……。

泡……。

煙が急に消えてなくなり……。

ひどい苦痛が……。

激しい頭痛に耐えかねて、すすり泣くような声をもらしながら床に膝をついた。

あのときも、ダンテ・レイントリーが悪態をついていた。

ローナの脳裏にひとつの記憶がよみがえった。わたしはあのとき彼に後ろからしっかり抱きかかえられていた。悪態をつくダンテの声が頭のなかでこだまして……それから……。

頼りない記憶の糸は、ローナがたぐり寄せる前にとぎれてしまった。ひどい頭痛のために目が回るようだ。ローナは手についた泡を見つめながら、立ちあがる気力をふりしぼろうとした。ひょっとして、脳卒中でも起こしたのだろうか？　ローナを襲った頭痛は、それほど強烈だった。熱く燃えるような痛みのために、頭が破裂してしまいそうだ。

石鹸の泡。

ちらちら光る泡……。手についた泡を見ているうちに、ローナは思い出した。あのとき……なにかがわたしのまわりを包んで……。

そう、それは、ちらちら光る泡のようなものだった。がんがんする頭のなかであざやかな記憶がよみがえり、ローナは思わず涙ぐんでしまった。わたしはあのとき、自分の目ではっきりと見たのだ。ふたりを煙と熱から守ってくれた、泡のように透き通った壁を……。

そのあと、本当に頭が破裂しそうな衝撃に襲われた。あれほどすさまじい衝撃は、いまだかつて経験したことがなかった。列車に轢《ひ》かれたり、隕石《いんせき》に直撃されたりしたら、あんな感じがするかもしれない。その瞬間、ローナは脳細胞が溶けてなくなったような錯覚におちいった。あたかも、自分という存在のすべてが奪われ、支配されて、利用されたような気がした。それなのに、わたしは生まれたての赤ん坊のように無力だった。わたしのすべてを奪いとった男に抵抗することも忘れ、激しい痛みに翻弄《ほんろう》されていたのだ。

ばらばらになっていたローナの記憶の断片は、一瞬のうちにひとつにまとまった。あたかも、ジグソー・パズルの最後のピースが、あるべき場所におさまったかのように。

ローナははっきりと思い出した。あのときわたしは、言いようのない恐怖と、身動きできないもどかしさを感じていた。ダンテはそんなわたしからすべてを奪い、利用したのだ。

ローナの失われた記憶は完全によみがえった。

「いつまでトイレにこもってるんだ?」キッチンのほうから、ダンテが呼ぶ声がした。

「用を足したら出てくるんだ」

ローナは操り人形のようにふらりと立ちあがり、両手を石鹸だらけにしたままトイレから出たが、怒りはおさまりそうになかった。ダンテはキッチンで険しい顔をして待っていた。自分の意志とは関係なく、足を一歩ずつ前に踏み出すたびに、ローナの怒りはさらにつのった。

「人でなし!」ローナは大声をはりあげてダンテの前を通り過ぎながらかかとに蹴りを入

れたが、そこから数歩前に進んだところで、見えない壁に突き当たったように足を止めた。回れ右をしてふたたび歩きだし、ダンテのわき腹を肘で一撃した。「最低ね！」

ローナの肘鉄をくらっても、ダンテはさして痛がりもせず、驚いたような顔をしただけだった。それがローナの怒りをいっそうかき立てた。ふたたび見えない壁に行く手をはばまれると、ローナは新たな怒りをたぎらせ、ダンテが築いた見えない壁のあいだを行ったり来たりしはじめた。

「あなたは燃えさかる炎のなかへ無理やりわたしを連れていった」ローナはダンテの腹に目にも止まらぬパンチをお見舞いした。「わたしは火が怖くてたまらないの。それなのに、あなたはわたしの気持ちなんか、これっぽっちも考えてくれなかった！」そう言いながら、ダンテの膝を蹴りつける。「わたしは火の海のなかで、あなたがわけのわからないおまじないかなにかをするのにつき合わされるはめになったわ……」ローナはダンテのみぞおちをこぶしで殴りつけた。「それからあなたは、わたしに精神的なレイプをしたのよ。この人でなし、野蛮人、いかれたまじない師……！　しかもあんな状況で下半身を反応させて、わたしの腰にぐいぐい押しつけてきたわ！」激高してわめきながら、渾身《こんしん》の一撃をダンテの顎にお見舞いしようとした。

ところが、彼女のパンチはダンテにあっさりガードされてしまった。ローナは悔しまぎれに彼の足を踏みつけた。

「痛い！」ダンテが笑いながら言った。彼は電光石火の身のこなしでローナの体をとらえると、自分のほうへぐいと引き寄せた。ローナは抗議しようとしたが、ダンテの唇に口をふさがれてなにも言えなくなってしまった。今まで強引なやり方で彼女を支配してきたにもかかわらず、ダンテのキスは羽根のように軽く、穏やかで、優しささえ感じられた。「すまなかった」ダンテがつぶやき、もう一度ローナにキスをした。彼も煙と煤のひどいにおいがしたが、真っ黒に汚れた服に覆われた体は岩のようにがっしりしていて、たくましい。エアコンのきいた室内にいるせいか、彼の体がやけに温かく感じられた。「きみにはひどいことをした……だが、あのときは事情を説明している暇がなかったんだ」ダンテは言葉の合間にキスをしつづけた。最初はさりげなかった口づけが、しだいに濃厚になっていく。

衝撃のあまり、ローナは身じろぎひとつできなかった。まさか、ダンテにキスされるとは思わなかったのだ。自分がおとなしく彼の口づけを受け入れていることもショックだった。ついさっきまで、ふたりはお互いへの敵意をむきだしにしていた。今夜、さんざんな目に遭わされたローナは怒りを爆発させて、ダンテにパンチや蹴りをお見舞いした。ダンテは今、彼女を抵抗できない状態にしてキスしているわけではなかった。ローナは彼のたくましい胸に両手を置いていたが、彼の体を押しのけようとはしなかった。そうしたいと思う気持ちもなかったのだ。

ローナは情熱というものを信用してはいなかった。知るかぎり、情熱とは自己中心的で、他人への思いやりとは縁のない感情だ。ローナは今まで、禁欲生活を送ってきたわけではないが、情熱に対して警戒心を抱いていた——というより、男を信じていなかったと言うべきだろう。経験からすると、男というものは、肉体的な快楽を得るために平気で嘘《うそ》をつく。ローナは自分の面倒は自分で見る主義だった。情熱に身をゆだねるときも慎重で、決して急ぐことはなかった。

今夜、身も心も疲れ果てていなければ、自制心を失うことはなかったはずだ。だが、カジノの警備主任に連れられて、ダンテのオフィスに足を踏み入れたときから、ローナはふだんの落ち着きを失っていた。今も頭がくらくらして足元がおぼつかず、キッチンがぐるぐる回って見える。それとは対照的に、ダンテの体はぬくもりにあふれ、彼女に安定感を与えてくれた。力強い腕に抱かれているうちに、体が敏感に反応しはじめた。今この瞬間の歓《よろこ》びが、すべてであるかのように。ダンテの胸に身を預け、その体のぬくもりを感じていると、とても心地いい。下腹部に高ぶりを押しつけられても、不快感は覚えなかった。むしろ恍惚《こうこつ》として、自分でも気づかないうちに爪先立ちになり、ダンテをもっとよく感じようとしたほどだ。

遅まきながら、自分がいつになく大胆にふるまっていることに気づいたローナは、重ねていた唇を離し、ダンテの体を押しのけた。「わたしたち、ばかなことをしてるわ」

「まったくだ」そう答えたダンテの息遣いは少し荒かった。なかなか身を引こうとしない彼の胸をローナがふたたび押すと、彼は彼女の体に回していた手を名残惜しげに離した。ダンテがその場に突っ立ったままなので、ローナは自分から身を引いて、キッチンを見回した。ダンテの顔を見つめていたくなかったのだ。キッチンは使いやすそうだったが、料理嫌いなローナにとっては、どうでもいいことだった。

「あなたはわたしを誘拐したのよ」ローナは眉間《みけん》にしわを寄せ、非難めいた口調で言った。

しばらく考えてから、ダンテが小さくうなずいた。「そうだな」

彼が反論せず、あっさり認めたので、ローナはなぜか腹が立った。「わたしを詐欺師として告発するなら、すればいいわ。どうせなにも証明できやしないんだから。そのことは、あなたもよく承知しているはず――」

「きみを告発するつもりはない」ダンテが口をはさんだ。「確かに、きみがカジノでいかさまを働いたことを証明するのは不可能だ」

ローナはダンテの言葉に困惑した。「だったら、なぜわたしをここへ連れてきたの?」

「いかさまの証拠がないのは、きみの無実の証明にはならない」ダンテが値踏みするような目でローナを見た。「実際、きみはいかさまを働いたんだ。生まれ持った超能力を賭事《かけごと》に使うのは、いかさま以外のなんでもない」

「わたしは超能力なんて――」ダンテが片手をあげて、彼女の言葉をさえぎった。

「ぼくがきみの頭に押し入って〝精神的なレイプ〟をしたのは、延焼を防ぐためのエネルギーを補給したかったからだ。きみがサイキックであることはわかっていた――だが、あれほどのパワーを内に秘めているとは思わなかったよ。自分にそんなパワーがあるとは知らなかったとは言わせない。賭に勝ちつづけたのはラッキーだったからだという言い訳が通用すると思ったら大間違いだ」

ローナは追いこまれた。ダンテの平然とした態度には、あらためて怒りを覚えたが、〝サイキック〟だと指摘されたことは、心に大きな不安をかき立てた。ローナはダンテが言葉を切る前からかぶりをふっていた。「誤解だわ。昔から数字には強いの。だから賭に勝てたのよ」

「くだらない言い訳だな」

「でも、それが事実なのよ！　わたしは占い師じゃないから未来を見通すことはできない。あの九月十一日のときもそう。ニューヨークで悲惨なテロが起こるなんて、夢にも思わなかった」

だが実際は、あの事件が発生する何日も前から、ローナの脳裏には、貿易センター・ビルに突っこんだ旅客機それぞれのフライト・ナンバーが浮かんでいた。その数字は彼女の脳裏につきまとい、どこかへ電話をかけようとするたびに、なぜかそのフライト・ナンバーを押してしまった――貿易センター・ビルに突入した順番どおりに。

当時の記憶がよみがえり、ローナはぞくりと身を震わせた。事故機のフライト・ナンバーを予知したことは、あのテロ事件が起こってから考えないようにしていた。その記憶を封印してしまえば、苦しまずにすむと思ったのだ。

「消えてよ」はからずもよみがえった記憶を打ち消そうとして、ローナはささやいた。

「消えろと言われて消えるわけにはいかない」ダンテが言った。「今はまだ、きみを帰すつもりもない」ダンテはそこでため息をつき、申し訳なさそうな目でローナを見た。「着ている服を脱いでもらおうか」

9

「いやよ！」ローナは叫び、見えない壁に背中がぶつかるまであとずさりした。

「きみが脱いだら、ぼくも脱いでみせてもいい」ダンテが皮肉っぽく言いながら、ローナのほうへ迫ってきた。「これはしかたがないことなんだ。ただの身体検査で、きみに襲いかかるつもりはない。すなおに服を脱いでくれれば、すぐに終わる」

ローナはダンテが近づいてくるのを見て、ブラウスの胸元を押さえながら後ろへさがると、あたりを見回して、武器になりそうなものを探した。ここはキッチンなのだから、カウンターの上に包丁立てがあるはずだ。だが期待に反して、つやつやの大理石のカウンターの上にはなにもなかった。

ダンテがうんざりしたようすで大きく息をついた。「その気になれば、きみに指一本ふれずに服を脱がせることもできるんだ。そのことは、きみもわかっているはずだ。なのになぜ無駄な抵抗をする？」

彼の言うとおりだ、とローナは思った。ダンテには、わたしを思いのままに操る力がある。「これは犯罪だわ！」ローナは大声で叫びながら両のこぶしをかためた。「どうしてこんなことをするの？」

「さっききみが言ったとおり、ぼくは〝いかれたまじない師〟だからさ」

「わたしが言ったのは、それだけじゃないわ！　この人でなし！　悪党——」

「わかったよ。わかったから、着ている服をすなおに脱ぐんだ」

ローナは激しくかぶりをふった。ダンテはそんな彼女をマインド・コントロールするでもなく、そのまま前進しつづけた。ローナはあとずさりしながらキッチンから廊下に出て、トイレの前を通り過ぎた。それからスタイリッシュな書斎らしき部屋を通り抜けたが、ダンテから目を離して室内のようすを確認している余裕はなかった。

ダンテはどこか目的の場所にわたしを追いこもうとしているんだ——ローナは途中で気づいたが、ダンテの無言の指示に羊のようにおとなしく従うしかなかった。煤《すす》だらけの顔をして、血走ったグリーンの目をぎらつかせている彼は、品性のかけらもない野蛮人のようだ。ローナの心臓の鼓動が乱れた。ひょっとしたら、この人は残虐な連続殺人鬼なのかもしれない。でなければ、現代によみがえった怪僧ラスプーチンじゃないかしら？　それとも、精神病院から逃げ出してきた異常者？　今のダンテは、一流のカジノ・ホテルを経営している大富豪というよりも——独裁者かなにかのように見えた。

別の部屋の戸口まで来たところで、ローナはつまずきそうになったが、すぐにバランスをとりもどした。ダンテに誘導されるままたどりついた先は、豪華なバスルームだった。明かりはついていなかったが、開け放されたドアから入ってくる光に照らされたふたりの姿が、左側に設置された鏡に映っていた。

ダンテが手をのばし、照明のスイッチを入れた。白くまぶしい光が室内に満ち、ローナは思わず目の上に手をかざした。「時間稼ぎは、ここまでだ。さあ、着ているものを脱ぐんだ。さもないと、つらい思いをすることになるぞ」

ローナはあたりを見回したが、逃げ道はどこにもなかった。「あなたなんか、地獄に堕《お》ちればいいのよ！」そう言い、追いつめられた獣のようにダンテに襲いかかった。

捨て身の攻撃は、ダンテにやすやすとかわされてしまった。そのことが、ローナの怒りをさらにかき立てた。暴れ回っているあいだに安物の靴が片方脱げて、巨大なバスタブのなかへ飛んでいった。ダンテは我慢の限界に達したらしく、あっというまにローナの両手をとらえて後ろへ回し、抵抗できないようにしてから、洗面台のほうを向かせて上から押さえこんだ。

そして、彼女の蹴《け》りをよけながら身を寄せて、ブラウスの後ろ襟に手をかけた。ダンテが三度ほど強く引っぱると、糸が切れる音がしたが、ブラウスの縫い目まではほつれなかった。ダンテは悪態をつき、力まかせにローナのブラウスを引き裂こうとした。左わきの縫い目が裂けたが、彼はそこで手を止めようとはしなかった。ブラウスはダンテの手でずたずたに引き裂かれ、右の袖口《そでぐち》だけがかろうじて残った。ダンテは次に、彼女のブラのホックを手ぎわよくはずした。

そのあいだじゅう、ローナは必死にもがき、声がかれるまで悲鳴をあげつづけた。だが、その声はダンテの耳に届かないようだった。彼は険しい顔をして、だまってローナの衣服をはぎとりつづけた。ダンテの手でズボンの前ボタンがはずされ、ファスナーをおろされたとき、ローナは激しい怒りを覚えると同時に、泣きわめきたくなった。ダンテはなぜか、彼女のズボンを下着ごと引きおろす前に手を止めた。

ローナはぐったりして、洗面台に張られた冷たい大理石に顔を押しつけてすすり泣いていた。ダンテの熱い手が彼女のうなじにふれ、煤で汚れた髪をわきへどかして、肩のあたりを指でなぞった。ダンテは彼女の両手首をとらえたまま頭上にあげさせ、彼女の体のすみずみまでチェックした。むきだしの胸の横やわき腹はもちろん、ウエストのくぼみや腰の丸みまで、入念に調べた。最後には、彼女のズボンを引きおろし、ヒップの下のラインをたんねんにチェックした。ローナはむせび泣きつつもがいたが、ダンテは容赦なく彼女の体を調べつづけた。

それでようやく気がすんだのか、ダンテがため息をついて言った。「きみに謝罪しなければならないことが、またひとつ増えたようだ」ダンテはローナの手首を離して後ろへさがり、バスルームの戸口へ向かいながら言った。「着替えを用意するよ。シャワーでも浴びるといい。落ち着いたら話をしよう」そこで少し間を置く。「バスルームの外には出ないでくれ」そう言い、静かにドアを閉めた。

　ローナはすすり泣きながら床にへたりこんだ。最初のうちは体を震わせて泣くことしかできなかったが、しばらくするとふたたび怒りがこみあげ、声にならない悲鳴をあげた。また少し泣いてから起きあがり、無残に引き裂かれたブラウスの切れ端で顔をふいた。「人でなし！」バスルームのドアに向かって大声で叫ぶと、いくらか気が晴れた。

　さんざん泣いたために目は腫《は》れあがり、鼻もつまっていたが、立ちあがるだけの落ち着きはとりもどすことができた。とはいえ、膝のあたりまでズボンを引きおろされたおかげで足がもつれそうだった。ダンテに体のすみずみまで調べられたことを思うと、屈辱のために顔が赤くなったが、今さらズボンをはきなおしてもしかたがない。ローナは全裸になってから、どうしようかと考えた。

　シャワーでも浴びたらどうかというダンテの提案は、さからうことのできない命令ではないので、いやならシャワーを浴びる必要はない。自分さえその気になれば、バスタブに湯をはって、ゆっくりつかることもできる。体を洗わずにいてもいいのだが、ローナはその可能性について考慮する前に排除してしまった。

　バスタブにはった湯につかるのも、あまり得策とは言えなかった。なぜなら、すぐに湯が真っ黒になるとわかりきっているからだ。となると——たっぷり時間をかけて熱いシャワーを浴びて、体の汚れを落とすしかない。

バスルームのなかにあるシャワー・スペースは、ドアで区切られているわけではなかった。石造りの湾曲した壁にそって進んでいくと、赤銅色の厚手のタオルが何枚もストックされた作りつけの棚があった。そこから三段ほどステップを下りたところが、一・五メートル四方のシャワー・スペースになっている。手近にあったコックをひねると、天井と三方の壁に設置されたシャワーヘッドから勢いよく水が出た。ローナは水が熱い湯になるまで待ってから、シャワー・スペースに足を踏み入れた。

煤にまみれた体をきれいにすることに専念したおかげで、極限まで張りつめていた神経はゆるんでいった。熱い湯を浴びていると、全身をマッサージされているようで心地いい。ローナは三度シャンプーとリンスをくりかえし、もつれた髪の汚れを落とした。それから香りのよいボディ・ソープで体を洗ったが、肌にこびりついた煤はなかなか落ちなかった。同じことをもう一度くりかえしてもはかばかしい結果が出なかったので、試しにシャンプーを使ってみた。髪の汚れが落ちたのだから、肌の汚れも落とせるはずだ。

長時間シャワーを浴びたために、指先の皮膚はふやけてしまった。シャワーを使いすぎて湯が出なくなったわけではない――とはいえ、これだけ念入りに洗えば充分だろう。ローナは全身ずぶ濡《ぬ》れだった。名残惜しげにコックをひねると、四方から勢いよくほとばしっていた湯がシャワー・ヘッドに吸いこまれるように止まった。聞こえるのは、天井に設置された換気扇が回る音と、水がしたたり落ちる音だけだ。

換気扇のスイッチを入れた覚えはなかった。湿度が一定のレベルまで上昇すると、自動的にスイッチが入るようになっているのかもしれない。そうでないなら、ダンテがバスルームにもどってきたのか――。

ローナはあわててステップをあがり、ふわふわしたタオルを棚からとって体に巻きつけた。それからもう一枚タオルを手にとり、水がしたたる頭全体をターバンのように包みこむと、湾曲した壁ぞいに歩いて洗面台が見えるところまで引きかえした。ふたつ並んだ洗面用シンクの向こうにはめこまれた大きな鏡に映っているのは、ローナの姿だけだった。今、ここにいるのはローナひとりだ。けれども、洗面台の前にあるスツールの上に、厚手のタオル地のローブがたたんで置いてあるのを見れば、ダンテが一度ここへ来たことは明らかだった。

ローナは鏡に映った自分をじっと見た。その顔は青ざめていて、頬のあたりの皮膚が引きつっていた。そのせいか、大きなショックを受けて顔がこわばっているように見える。実際、そのとおりなのだから、そう見えてもしかたがない。

身体検査を終えたあと、ダンテはバスルームの外へ出るなと言い置いて立ち去った。あのときのローナには、バスルームの外に出られるかどうかを確かめる気力も残っていなかった。あれが単なる指示であろうとなかろうと、今となってはどうでもいいことだ。今はただ、ここに座って、濡れた髪を乾かせるだけで満足だった。

洗面台の引き出しを開けると、いい香りがするローションが見つかった。ドライヤーとブラシも引き出しのなかにしまってあった。シャンプーで体を洗ったために、全身の肌が引きつったような感覚がある。ローナは体じゅうにローションをすりこんでから、髪をドライヤーで乾かした。

疲労のために腕が震え、ブラシを動かす手がだんだん遅くなっていったが、豊かなストレートの髪を持って生まれたおかげで、スタイリングに手間をかけずにすんだ。今の願いは、この場に倒れこむ前に、髪を乾かすことだけだった。

髪が乾くと、ローナはローブをはおった。それは彼のものらしく、袖は彼女の腕より五センチほど長く、裾《すそ》も床に届きそうだ。なんだかおかしい、とローナはぼんやりした頭で考えた。ダンテは風呂あがりにローブを着るようなタイプには見えなかった。

しばらくのあいだ、ふらつく足をふんばって、その場に立っていた。床に敷かれたラグは贅沢《ぜいたく》なものだった。

まだ、ダンテと顔を合わせる気にはなれない。バスルームのドアを開けたとしても、わたしはここから一歩も出られないかもしれない。あせって行動を起こす必要はないわ。時間はたっぷりあるのだから、今すぐ敵に立ち向かわなくてもいい。

あとで話をしようとダンテは言ったが、ローナは彼と話がしたい気分ではなかった。□

を開けば、彼に罵声《ばせい》を浴びせてしまうだろう。今はただ、帰りたいだけ——といっても、帰る家があるわけではなかった。ローナの願いは、着替えが置いてある滞在先にもどることだった。彼女にとって、家と呼べる場所は、そこしかない。ローナは寝慣れたベッドに身を横たえて眠りたかった。

なんの前ぶれもなくバスルームのドアが開き、長身で肩幅が広いダンテが戸口に立っていた。今夜は彼にとっても試練の連続だったはずなのに、疲れたようすはまったくない。ダンテもシャワーを浴びたらしく、長めの黒髪がまだ湿っていた。濡れた髪が額にかからないよう、後ろへとかしつけているので、エキゾティックなムードが漂う力強い顔のラインがはっきり見てとれる。髭《ひげ》もきれいに剃《そ》って、さっぱりしたようだ。

ダンテは見るからに柔らかそうなパジャマのズボンをはいていたが……上半身は裸で、ローナを見ても、にこりともしなかった。

ダンテの鋭い視線が、青ざめて疲れきった彼女の顔にそそがれた。「話をするのは、明日の朝まで待ったほうがよさそうだな。そのようすでは、筋の通った話はできないだろう。一緒に来てくれ。きみの部屋へ案内するから」

ローナがひるんだようにあとずさると、ダンテは不可解な表情を浮かべて彼女を見た。

「ぼくは〝きみの〟部屋へ案内すると言ったんだ。ぼくの部屋へ連れていくつもりはない。一緒に来いと命令したわけでもない。なんなら、有無を言わさず連れていこうか？　このバスルームは、あまり寝心地がいいとは言えないからな」

ローナは眠気をふりはらって言いかえした。「あなたに命令されないかぎり、わたしはここから一歩も動けないんじゃないの?」

ダンテはきっと、わたしの意志をくじこうとして、バスルームの外に出るなと言ったのだろう。ローナの指摘を受けたダンテの顔にいらだちの色が浮かぶのを見て、彼女は自分の推測が正しかったことを知った。

「一緒に来るんだ」ダンテが言った。

ローナはそれでようやくバスルームから解放されたが、親鳥を追いかける家鴨《あひる》の子のように彼のあとをついていくはめになった。

ダンテは広々とした寝室にローナを連れていった。高さが二メートル以上ある窓から、リノの街のきらめくネオンが見える。

「専用のバスルームはそこにある」ダンテがひとつのドアを指さした。「ここにいれば安全だ。きみに危害を加えるつもりはない。だが、この部屋の外に出てはだめだ」ダンテはそう言うと、淡い明かりに照らされた寝室にローナを残して出ていった。

最後のその一言はローナの癇《かん》にさわった――といっても、ここから逃げ出す元気はもう残っていなかった。今のローナにできるのは、大きすぎるローブを着たままキングサイズのベッドにもぐりこむことだけだ。

ローナはシーツと羽根ぶとんの下で胎児のように体を丸めたが、ひどく無防備な気がして、頭からシーツをかぶって眠りに落ちた。

10

月曜日

「大丈夫か？」

恐怖と不安の名残を感じつつ、ローナはいつものように目を覚ました。〝大丈夫か？〟という言葉に警戒心を刺激されたわけではない。声の主が誰かは、すぐにわかった。ローナにとっては、寝起きに聞きたくない相手の声だ。どこにいようと、言い知れない不安から解放されることはなかった。それは彼女の骨の髄までしみこんで、体の一部になっていたのだ。

昨夜はシーツを頭からかぶって寝たので、ダンテの顔は見えなかった。寝返りひとつ打たずに眠ったために、目覚めたときも胎児のように体を丸めたままだった。大きすぎるローブもはだけておらず、紐《ひも》もほどけていなかった。

「大丈夫か？」ダンテがしつこくきいた。

「元気いっぱいよ」ダンテが部屋から出ていってくれるよう願いつつ、不機嫌な声で言った。

「うなされていたようだが」

「いびきをかいていたのよ」ダンテに引きはがされないよう、シーツをきつく握りしめた。だが、ダンテがその気になれば、シーツを引きはがすぐらい簡単だろう。昨夜の屈辱的な経験により、ローナは彼に抵抗しても無駄だということを、いやというほど思い知らされた。

ダンテが鼻で笑った。「なるほど」そこで少し間があった。「コーヒーでもどう?」

「けっこうよ。わたし、紅茶しか飲まないの」

しばらくの沈黙のあと、ダンテがため息をついた。「紅茶があるかどうか探してみよう。いつもどうやって飲むんだ?」

「お友達と飲むわ」

ダンテのうなるような声がしたあと、寝室のドアが乱暴に閉まる音が聞こえた。親切をむげにされて腹を立てたんだわ！　いい気味。コーヒーか紅茶を勧めるだけで、ゆうべの非道を許されると思ったら大間違いだ。

実のところ、いつも紅茶を飲んでいるわけではなかった。ついこのあいだまで、ただで手に入るもの、つまり水しか飲むことができなかったのだ。数年前から、厳しい寒さをしのぐためにコーヒーや紅茶を口にするようになったが、どちらも特においしいとは思わなかった。

なかなかベッドから出る気になれなかった。ダンテは話をしたがっていたが、ローナはそうしたいとは思わなかった。ふたりでなにを話し合う必要があるのかもわからない。昨夜、ローナに屈辱的な身体検査をしたあと、ダンテは自分の間違いに気づいたようだったが、その埋め合わせをしようとはしなかった。彼は昨夜のうちにローナを街へ送り帰そうともせず、この部屋に監禁したのだ。食べる物すら与えずに！

おかげで、空っぽになった胃が痛かった。なにか食べたいなら、ベッドから出なければならない。起きれば食事をさせてもらえるという保証はなかったが、少なくともこのままベッドに寝ていたら、食べ物にはありつけないだろう。しかたなく、ローナは頭までかぶっていたシーツをはねのけた。目にまず飛びこんできたのは、ドアの前に立っているダンテ・レイントリーの姿だった。彼は寝室から出ていったふりをしただけで、実際には出ていかなかったのだ。

ダンテはなにも言わず、冷笑するように片眉をあげてみせた。

ローナはむっとして、敵意をこめた目で彼を見た。「人間にできることじゃないわ」

「なにが？」

「片方の眉だけつりあげることよ。そんなまねができるのは悪魔だけ」

「ぼくにはできる」

「やっぱり、あなたは悪魔だったのね」

ダンテがにやりとするのを見て、ローナはいきり立った。彼を楽しませるために冗談を言ったんじゃない。「起きる気になったなら、悪魔が洗った服を着るといい」

「あなたに引き裂かれずにすんだズボンのことね」ローナは不安を隠して辛辣《しんらつ》に言った。

ダンテは洗濯をする前に、ズボンのポケットに入っていたものを出しただろうか？ローナはいぶかったが、あえて尋ねようとはしなかった。ダンテにきかなくても、ズボンのポケットに現金と運転免許証が入っているかどうかを確かめればすむことだ。

「シャツは悪魔用のを貸してやろう。きみのズボンについた汚れは完全には落ちなかった。あとで処分するにしても、いちおう洗濯はしておいたから、ここで着るには、さしつかえないはずだ。朝食はフルーツ入りシリアルか、クリームチーズをぬったベーグルだ。着替えをすませたら、キッチンへ来てくれ。そこで朝食をとる」ダンテはそう言い、今度こそ本当に寝室から出ていった。

あの男は、わたしと一緒に朝食をとる気でいるんだ。ローナは癪《しやく》にさわったが、朝食の誘いを拒むつもりはなかった。空腹を満たせるなら、ダンテと同じテーブルを囲む苦痛など、なんでもない。生きるか死ぬかのピンチに立たされたら、感情などというものにこだわってはいられない。

ローナは筋肉痛に耐えながら、のろのろと体を起こした。洗いたてだが、ひどいしみの残ったズボンが、ベッドの足元に下着と一緒に置いてある。しなやかな生地で仕立てられたダンテの白いシャツもそこにあった。ローナはズボンをつかみ、左右のポケットに手を突っこんでみた。残念ながら、そこには現金も運転免許証も入っていなかった。きっと、ダンテに取られたにちがいない。でなければ、洗濯をしているときにポケットから落ちたのだろう。もしそうだとすると、この家の洗濯機と乾燥機を調べる必要がある。ダンテが洗濯を使用人にさせたなら、ローナの所持金と身分証明書は、その人物が持っているかもしれなかった。

ベッドから出ると、足を引きずりながらバスルームへ行き、そこで用をたしてから、洗面台の引き出しを開けてみた。ダンテのように野蛮な人間でも、ゲストルームの管理だけは、ちゃんとしているかもしれない。ローナは今すぐ歯を磨きたかった。

さいわい必要とするものはすべてそこにあった。新しい歯ブラシと練り歯磨きのほかに、うがい薬や裁縫セット、新品のヘアブラシ、髭剃《ひげそ》り用の使い捨てかみそりまでそろっている。昨夜、シャワーのあとで使った香りのいいローションも見つかった。

ローナは厳重に封をされたプラスチック・ケースから歯ブラシを出すのに悪戦苦闘した。両手の指はもちろん、歯まで使っても封が開かないので、裁縫セットに入っていた小さなはさみを駆使して、ようやくケースから歯ブラシを取り出すことができた。ローナは少し考えてから、そのはさみを洗面台の上に置いた。このはさみは小さすぎて、たいした武器にはならないだろう。でも……。

歯を磨いて顔を洗い、ブラシでゆっくり髪をといた。これだけ身だしなみを整えれば充分だ。化粧道具が手元にあったとしても、ダンテ・レイントリーのために化粧をする気は、これっぽっちもなかった。

寝室にもどったローナは、念のためにドアに鍵《かぎ》をかけてから着替えをはじめた。ドアをロックしても無駄だということは百も承知だった。なにがなんでもこの部屋に入りたいと思ったら、ダンテはわたしに命じて鍵を開けさせるはずだ。わたしは自分の意志とは関係なく、彼の言うとおりにするだろう。ローナはマリオネットのように操られるのがいやでならなかった。そして、自分から行動の自由を奪うことができるダンテが憎いと思った。

憎い男のシャツを着るのは不本意だった。シャツを手にとり、商品タグをチェックした。そのシャツは知らないメーカーの製品だったが、彼女が調べたかったのはブランド名ではなく、取り扱い方法だった。タグには〝シルク百パーセント——ドライ・クリーニングのみ〟と表示してある。

食事中にジャムかなにかをつけてやろうか。もちろん、偶然をよそおって。

それからシャツに袖《そで》を通そうとしてためらった。ダンテはさっき、〝着替えをすませたらキッチンへ来てくれ〟と言った。このシャツを着てしまえば、いやでもキッチンへ行くはめになるだろう。やりたいことがあるなら、シャツを着る前にやらなければならない。

いったん手にとったシャツをベッドの上にもどし、洗面台の上に置いておいた小さなはさみをとってきて、ズボンの右ポケットに入れた。それからバスルームと寝室をくまなく調べ、武器になりそうなものや、脱出の助けになりそうなものを探した。どんなささいなものでも、ここから逃げ出すチャンスはつかまえておかなければならない。

だが、脱出のさまたげとなる大きな問題がひとつあった。靴がないのだ。昨夜はいていた靴の汚れは落ちないだろうが、足を保護する役目は果たしてくれるはずだ。ダンテはローナの靴を寝室へ持ってこなかった。ということは、ゆうべローナが使ったバスルームにまだあるかもしれない。田舎道を裸足《はだし》で走るのはいやだったが、ほかに選択の余地がなければ、そうする覚悟はできていた。どこまで走って逃げたら、自由になれるだろう？　ダンテの影響力は、どの程度までおよぶの？　一定の距離まで離れたら、彼にマインド・コントロールされるおそれはなくなるはずだ。そう考えるのは、間違っているだろうか？　ダンテは声に出して命じることで、わたしを束縛しているの？　それとも、頭のなかで念じるだけで、わたしを思いどおりに操ることができる？

行動の自由を奪われたのは、ダンテに催眠術をかけられたからだ、とローナは思いたかった。でなければ、映画やテレビのなかにしか存在していなかったミステリー・ゾーンにどっぷりはまりこんでしまったことになる。

ローナは寝室とバスルームを徹底的に調べたが、小さなはさみ以外に、脱出の役に立ちそうなものは見つからなかった。作りつけのたんすの引き出しにピストルがしまってあったわけでも、ダンテの頭を殴打できそうなハンマーが出てきたわけでもない。巨大なクロゼットは空っぽで、ダンテを窒息させるのに使えそうな衣類もなかった。しかたなく、ローナはシルクのシャツを身につけると、長すぎる袖を巻きあげながら考えた。キッチンへ来いというダンテの命令の影響は、いつあらわれるのだろう？　しなやかなシルクで仕立てられたシャツの袖は、何度ローナがたくしあげても、すぐもとにもどってしまった。最後には彼女もあきらめて、袖がずりさがってきてもほうっておいた。それでも、早くキッチンへ行かなければ、という強迫観念に襲われることはなかった。

わたしは行動の自由を失ってはいない。ダンテの言葉に強制的な効果はなかったのだ。それなのに、わたしはダンテに言われたとおりに行動しようとしている。ローナはそんな自分に腹が立ったが、寝室の鍵を開けて廊下に出た。

廊下の先には階段がふたつあった。見たところ、右側のは三階とバルコニーへ続いているようだった。左のは一階へ通じていて、下のほうで優雅な扇形に広がっている。ローナは眉をひそめた。昨夜、階段を上った覚えはない。わたしは階段の存在に気づかないほどぼんやりしていたの？　ダンテの自宅に到着したときの記憶はある。彼の家が三階建てであることに気づかなかったわけでもない。三階建ての家に階段があるのは当然だ――けれども、それを目にした覚えがなかった。

記憶の欠落に気づいたローナは恐ろしくなった。ひょっとしたら、ほかにも忘れてしまったことがあるかもしれない。

ローナは左側の階段の一番下まで下りたところで足を止めた。そこは、実にすばらしい部屋だった。ここは……リビング？　こんなリビングを見たのは初めてだった。三階まで吹き抜けになっている天井は、アーチ型をしていた。一方の壁には巨大な暖炉がしつらえてあり、その向かい側は全面ガラス張り。ダンテはガラスが好きらしく、室内にはガラスがふんだんに使われている。リビングからの眺めは息をのむほどすばらしかったが、ローナの昨夜の記憶には、まったく残っていなかった。

ローナは用心深い足取りで、リビングから少し離れたところにある廊下をたどっていった。その廊下には、なんとなく見覚えがあった。目についたドアを開けてみると、そこはローナが昨夜シャワーを浴びたバスルームだった。ダンテはここで、ローナのブラウスを引き裂いたのだ。

ローナは歯をくいしばり、バスルームに足を踏み入れて靴を探した。だが、そこに彼女の靴はなかった。しかたなく裸足のまま書斎を抜けて、トイレの前を通り過ぎ、キッチンに入っていった。

ダンテはカウンターに向かって座っていた。長い脚をスツールに引っかけて、コーヒーを飲みながら朝刊を読んでいる。

ローナが入っていくと、彼は新聞から顔をあげた。「買い置きの紅茶があったから出しておいた。湯もわいている」

「わたし、お水でいいわ」

「紅茶は友達と飲むことにしているから？」ダンテは朝刊をカウンターに置いて立ちあがり、キャビネットからグラスをひとつとり出すと、水道の蛇口をひねって、水で満たした。

「あいにく、ブランドものの水は常備してないんだ。金の無駄だからな」

ローナは肩をすくめた。「どんな水でも、たいした違いはないわ」

ダンテは彼女にグラスを渡し、眉を――今度は両方の眉をつりあげた。「シリアルかベーグルか、どっちにする？」

「ベーグルにするわ」

「賢い選択だ」

そのとき初めて、ローナはカウンターにベーグルがのった小皿が置いてあるのに気づいた。ダンテと同じものを口にするのは不本意だったが、ベーグルのかわりにシリアルを食べる気にはならなかった。

ダンテはプレーンのベーグルをトースターに入れ、冷蔵庫からクリームチーズをとり出した。ベーグルが焼けるのを待つあいだ、ローナはキッチンを見回した。「今、何時？

時計がどこにもないから、時間がわからないわ」

「午前十時五十七分だ」ダンテはふりむきもせずに言った。「この家に時計はない――唯一の例外は、きみの後ろにあるオーブンだ。ひょっとしたら、電子レンジにも時計がついていたかもしれないな。最近の電子レンジは、時計つきが多いから」

ローナは後ろをふりかえってみた。オーブンのデジタル時計も十時五十七分だった。だが、ダンテがいる場所からは、ローナが邪魔になってオーブンのデジタル時計は見えないはずだ。とすると、冷蔵庫からクリームチーズを出すときに時刻を確かめたのだろう。

「携帯電話にも時間は表示されてる」ダンテが言った。「パソコンもそうだし、車も時計つきだ。だから、この家に時計がないというのは言いすぎだな。ただ、置き時計とか掛け時計といったたぐいのものがないだけだ」

「おしゃべりをして、わたしをリラックスさせようとしているの？　そんなことで、あなたへの恨みを忘れると思ったら大間違いよ」

「ぼくはきみに恨まれて当然だ」ダンテが顔をあげた。こちらへ向けられた瞳が、あまりにもあざやかなグリーンだったので、ローナは思わずあとずさりしそうになった。「昨夜、あんなまねをしたのは、きみがアンサラの血を引いているかどうかを確かめるためだった。きみにはひどいことをしたと思っている。申し訳なかった」

ローナはいらいらした。ダンテはまたわけのわからないことを言っている。「〝サラお《アント・》ばさん《サラ》〟って何者なの？　ちゃんとわかるように説明して。それよりあなた、わたしの靴をどこへやったの？」

11

「ふたつめの質問に答えるのは簡単だ。きみがはいていた靴は処分した」

「まあ、すてき」ローナはつぶやき、自分の足元に視線を落とした。なにもはいていないので、タイルがひどく冷たく感じる。

「新しい靴をデパートに注文して、うちの従業員にとりに行かせたから、じきに届くはずだ」

ローナは顔をしかめた。他人からなにかをもらうのは好きではない。特に、ダンテのほどこしは受けたくなかった——とはいうものの、実際には、憎い男の援助を甘んじて受けざるをえない状況だった。それにダンテはローナのブラウスを引き裂いて、靴まで勝手に処分したのだから、弁償するのが当然と言えば当然だ。

「それで、〝サラおばさん《アントサラ》〟って誰のこと?」ダンテが〝アンサラ〟と言ったのはわかっていた——その言葉の意味がわかったわけではない——が、ローナは相手を困らせようとして、わざと聞き違えたふりをした。

「話せば長くなる。だが、昨夜きみにひどいことをしたつぐないをするためにも、きちんと説明する必要があるな」トースターが鳴って、ベーグルが焼きあがった。ダンテは半分にスライスしたベーグルをナイフで器用に引っかけて小皿にのせ、クリームチーズと一緒にローナに手渡した。

ローナはダンテから一番遠いところにあるスツールに腰かけて、ベーグルにクリームチーズをぬった。「だったら、説明してもらいましょうか」突き放すような口調で言った。

「その前に、かたづけておかなければならない問題がある……」ダンテがジーンズのポケットから札束をとり出して、ローナのほうへ滑らせた。

よく見ると、紙幣のあいだにローナの運転免許証がはさんであった。「これはわたしのお金よ！」ローナは札束と免許証をつかみ、自分のズボンのポケットに突っこんだ。

「正確に言えば、その金は〝きみの〟ではなく〝ぼくの〟ではないかな？」ダンテは言ったが、札束をとりもどそうとはしなかった。「カジノでいかさまをした覚えはないとは言わせないぞ。きみが不正を働いたことは、わかっているんだ。だが、自覚があってしたかどうかはわからない。具体的な方法を断定できたわけでもないしな」

ローナは感情を表に出さず、ベーグルを食べることだけに意識を集中した。ダンテの誘いに乗って、危険な領域に足を踏み入れる必要はない。「わたしはいかさまなんかしていません」かたくなに言いはった。

「それはどうかな――失礼、電話がかかってきたようだ」ダンテがポケットから携帯電話をとり出した。「もしもし、ぼくだ……わかった、訊いてみる」彼はそこでローナに問いかけた。「きみの新しい靴の値段は、いくらだったかな？」

「百二十八ドル九十セント」ローナは機械的に答え、ベーグルにかぶりついた。

ダンテが携帯電話をポケットにもどした。

しばらくの沈黙が流れ、ローナは当惑ぎみに顔をあげた。こちらに向けられたダンテの瞳の奥で、あざやかな緑の炎が燃えているようだった。「電話がかかってきたというのは嘘《うそ》だ」

「だったらどうして――」ローナは絶句した。新しい靴の値段を尋ねられ、知っているはずのない数字を口にしたことに気づいたのだ。ローナの顔から血の気が引いていった。ローナは〝新しい靴の値段を知っていたのは、さっきあなたが教えてくれたからよ〟と言おうとしてやめた。そんな見えすいた嘘をついても無駄だとわかっていたからだ。みぞおちのあたりが冷たくなって、吐き気をもよおしそうだった。「わたしは……異常じゃないわ」ローナはかぼそい声で言った。

「きみには普通の人間にはない力がある。たった今、ぼくはそれを証明してみせたんだ。きみがサイキックであることはわかっていた。サイキックとしての能力は、ぼくのほうが上だからな」

「ばかばかしい。正気とは思えないわ」

「ささやかながら、ぼくには読心能力があるんだ。相手の体に直接ふれることで、心の内をのぞくことができる。だから、ビジネス・ミーティングではいつも、出席者と握手することにしている」ダンテはさらに言葉をついだ。「きみもよく知っているように、ぼくは思念の力で他人を意のままに操ることもできる。といっても、自分にそういう能力があることは、昨日まで知らなかった。夏至が近いこの時季に発生した火災が引き金になって、新たな能力が芽生えたのかもしれない。ぼくはサイキック・パワーを駆使して、さまざまなことができる。Aクラスの炎の使い手だ」

「どういう意味？」ローナは内心のおびえを隠し、辛辣《しんらつ》な口調で言った。「アルバイトでサーカスに出て、観客の前で火を食べてみせたりするの？」

ダンテが片方のてのひらを上に向けて念じると、小さな青い炎が燃えあがった。彼はさりげなくそれを吹き消して言った。「長いこと、てのひらで火を燃やしつづけることはできないんだ。火傷《やけど》してしまうから」

「そんなの、ただの手品だわ。映画でよく見かけるトリックに決まって――」

彼女の言葉が終わらないうちにベーグルが燃えあがった。

ローナは身じろぎひとつせず、煙をあげて燃えるベーグルを見つめていた。ダンテは彼女の皿をとりあげると、火に包まれたベーグルを流しに捨てて、蛇口をひねって水をかけた。「火災報知機が鳴ったら、面倒なことになるんでね」そんな言い訳をしつつ、ベーグルの残り半分がのった小皿をローナの前に置いた。

ダンテの背後で、ひとつのキャンドルに火がともった。

「ぼくは身のまわりにたくさんのキャンドルを置いている。炭鉱で働く者たちが、空気の汚染を知るために、籠《かご》に入れたカナリヤを坑道へ連れていくのと同じことさ」

ローナの頭のなかで、ある恐ろしい考えがふくらんでいった。「あなたがカジノに火をつけたのね？」彼女はおびえた声で言った。

ダンテはかぶりをふりながらスツールに腰をおろし、コーヒー・カップを手にとった。

「夏至が迫っているからといって、自分の力を制御できなくなることはない。昨夜の火災は、ぼくが引き起こしたものではないんだ」

「本当に？　あなたが正真正銘のAクラスの炎の使い手なら、なぜ火を消さなかったの？」

「なぜ火を消すことができなかったのか、昨夜からぼくも自問しつづけている」

「それで、答えは……？」

「わからずじまいだ」

「明快なお答えですこと」

ダンテが輝くような笑みを浮かべた。「きみは以前、〝生意気なやつだ〟と言われたことがあるんじゃないか？」

ローナは思わずひるみそうになった。ダンテの指摘どおり、〝生意気だ〟と言われたことは、過去に数えきれないほどあった。そう言われるときはたいてい、平手打ちをくらうはめにもなった。

今のわたしの反応を見て、ダンテは妙だと感じたかもしれない。ローナはそう思ったが、相手の顔色をうかがうでもなく、ベーグルの残り半分にクリームチーズをぬることに専念した。

「マインド・コントロールで大勢の人間を動かすのは初めての経験だったから、昨夜は自分でも気づかないうちにエネルギーを消耗してしまったのかもしれない」しばらくしてダンテが言った。ローナはそれでも顔をあげなかったが、彼の視線は痛いほど感じた。「特に疲れは覚えなかったが、マインド・コントロールをすることが自分にどんな影響を与えるのか、もっとよく調べる必要がある。昨夜はいつもと違って、精神を集中できなかったのかもしれないし、注意が散漫だったのかもしれない。実際、ゆうべのぼくには集中力が欠けていた。昨夜の火事には、異常な要素がたくさんあったんだ」

「あれだけ燃え広がった火を消せたはずだと、あなたは本気で思っているの？」

「思っている――ぼくがふだんどおりの力を発揮していれば、火は消えたはずだ。消防署長は、天井に設置されたスプリンクラーが作動して鎮火したと考えただろう。だが実際は

「――」

「実際は、いやがるわたしを火の海のまっただなかへ連れていっただけよ。あやうく、あなたと心中させられるところだった！」

「どこかに火傷をした？」ダンテがコーヒーに口をつけながらきいた。

「しなかったわ」ローナはしぶしぶ認めた。

「煙で喉を痛めた？」

「いいえ！」

「髪の毛一本、焼けずにすんだのは不思議だと思わないか？」

ダンテはただ、わたしが感じたのと同じ疑問を口にしているにすぎない。燃えさかる炎のなかでなにが起こったのか、ローナにはよくわかっていなかった。そのあとどうなったのかも、さだかではない。常識では理解しがたい出来事はなにも起こらなかったことにして、早くこの家から逃げ出したかったが、ダンテはそうさせてくれそうになかった。ローナは彼の決意をひしひしと感じた。あたかも、ダンテの体から目に見えないエネルギーが発散されているようで――。

それは考えすぎよ！ ローナは自分で自分をたしなめた。目に見えないエネルギーを発散する人間なんて、いるわけがない。

「きみが無傷で救出されたのは、ぼくが透明なシールドをふたりのまわりに張りめぐらして、火と煙を防いだからだ。炎と闘うために、きみとぼくのパワーを融合させたことで、シールドはより強化された。あのとき、きみも見たはずだ。透明なシールドがきらめくのを。それはまるで――」

「石鹸《せっけん》の泡みたいだった」ローナはつぶやいた。

ちょっと考えてから、ダンテが言った。「なるほど。バスルームで石鹸の泡を目にしたことが、きみの記憶を呼び覚ましたわけか」

「わたしがどれほどの苦痛を味わわされたか、わかっているの？」

「ぼくがきみの精神エネルギーを強引に奪ったときのこと？　きみが大きな苦痛を味わったのは想像できる」

「できるわけないわ」あのときの苦痛は、言葉では説明できないほど強烈だったのだ。

「すまなかった。もう一度あやまるよ。だが、ほかにどうしようもなかったんだ。あのとき、ああしなければ、きみもぼくも死んでいたはずだ。逃げ遅れた宿泊客も犠牲になっていただろう」

「〝似たような状況になったら、ぼくはまた同じことをするだろう〟と言いたげな口ぶりね。〝すまなかった〟という言葉も嘘っぽく聞こえるわ」

「サイキックとして正式な訓練を受けていなくても、予知能力を持つきみには、すべてお見通しというわけか。きみには超自然のエネルギーを敏感に察知する能力もあるようだな」

ダンテはわたしの推測が当たっていると認めたのだ。彼は人でなしかもしれないが、偽善者ではないらしい。

「昨日、ぼくのオフィスで、きみは普通の人間が気づくはずのないエネルギーの流れに敏感に反応していた」

「わたしはただ、あなたは悪魔にちがいないと思っただけ」ローナは腹立ちまぎれにベーグルにかぶりついた。「今もその考えは変わってないわ」

「ぼくがきみにそそられたから?」ダンテが穏やかな声できいた。「ぼくはきみを一目見た瞬間に熱くなり、オフィスにあったキャンドルに火をともしてしまった。あれから意識して自制するよう心がけたんだ。きみを見つめながら、ふたりでベッドをともにすることを考えると、きみはぼくの妄想にとりこまれた」

ダンテはそのことに気づいていたの? 最悪だ。ローナは顔が熱くほてるのを感じたが、恥ずかしさを怒りに変えた。「あなた、わたしを誘惑してるの?」あきれたような口調で言った。「ゆうべ、火の海に連れこまれて、電柱みたいなものを押しつけられたあとだから、わたしがあなたに体を許すとでも思ってるの?」

「ぼくのはそれほど巨大じゃない」ダンテが口元をほころばせた。

言葉につまったローナは、食べかけのベーグルを皿にたたきつけて立ちあがった。「あなたと同じ部屋にいるのは、苦痛でしかないの。この家を出たら、二度とあなたの顔は見たくないわ。妄想をたくましくするのもいいかげんにして、レイントリー！」

「ダンテと呼んでくれ」彼は平然としていた。「このあたりで、アンサラについて説明しよう。ぼくが昨夜、身体検査のようなまねをしたのは、きみの体に痣《あざ》があるかどうかを確かめたかったからだ。アンサラの血を引く者はみな、背中に小さな三日月形の青い痣を持って生まれてくるんだ」

ローナは激しい怒りのために目がかすみそうだった。「背中にあるはずの痣を探すのに、お尻まで調べる必要があったの？」

「おかげで目の保養になった。ぼくは体の後ろ全体のことを〝背中〟と言ったんだ。以前、下半身に三日月形の痣を持つ者に出会ったことがある。記録によると、ヒップの丸みの部分に痣を持つ者も、まれにだがいるらしい。昨夜の火事による被害の大きさと、ぼくが全力をつくしても火を消せなかったという事実を考え合わせると、きみが消火の妨害をしたのではないかと疑わざるをえなかったんだ」

「わたしがどうやって妨害したっていうの？」ローナは憤然として大声をはりあげた。

「きみが炎の使い手だとしたら、ぼくが消そうとした火をふたたび燃えあがらせることも可能だ。ぼくに支配できない炎はない――昨夜まではそう信じていた」

「でも、火を消せなかったのは、マインド・コントロールをして消耗したせいだったかもしれないんでしょう？　それに体に直接ふれることで相手の心を読めるなら、わたしがアンサラとかいう一族とは無関係だということもわかったはずよ」

「いい指摘だ」ダンテは教え子をほめる教師のような口調で言った。「だが、レイントリー一族がそうであるように、アンサラの血を引く者も、生まれ落ちるとすぐ、サイキック・パワーの制御法と、身を守るすべを教えこまれるんだ。強大な力を持つ者なら、ぼくに正体を見破られないように心をガードすることもできる。さっきも言ったように、ぼくの読心能力は、ささやかなものなんだ」

ローナはいきり立った。「心をガードできたら、あなたに精神的なレイプをされずにすんだわ！」

ダンテがいやな顔をして、カウンターを指でとんとんたたいた。「その言い方は、どうしても好きになれないな」

「悪かったわね。わたしは精神的なレイプそのものが、どうしても好きになれないの」ローナはわざと刺《とげ》のある言い方をした。

ダンテは少し考えてからうなずいた。「もっともだ。といっても、きみの心は完全に無防備な状態にあるわけじゃない。きみは自然に身についた方法を使って感情を隠すことができるはずだ。だが、自分の脳内エネルギーの一部を隠匿できるほど強力な防御壁は築けない。だから、ぼくの思念の侵入をはばもうとしても無駄だ。ぼくの精神的な支配から逃れられる人間は、この世にひとりしかいない。それはきみじゃない」

「あらまあ、あなたはそんなにすごい力の持ち主だったの？」

　ダンテがゆっくりとうなずいた。「そうだ」

「だったらどうして、王様になって世界を支配しないの？」

「ぼくはレイントリー一族の長だ」ダンテが立ちあがり、使った皿を食器洗い機に入れた。

「それだけで充分さ」

　不思議なことに、ダンテの荒唐無稽《こうとうむけい》な話のなかで、今の言葉が最も真実からかけ離れているように聞こえた。ローナは両手で頭を抱え、今日という日が早く終わるよう祈った。できるものなら、ダンテと出会ったことを忘れてしまいたい。彼は精神に異常をきたしているんだろう。ローナはそう思いこもうとしたが、だめだった。ダンテには、普通の人間にできるはずのないことができるのだ。ある種の人々にとって、ダンテは本当にリーダー的な存在なのかもしれない。

「どうやら、負けを認めるしかなさそうね」ローナは疲れた声で言った。「でも、わたしには今ひとつ理解できないわ。レイントリーとアンサラは奇人変人の集まりなの？」

　ダンテは笑いをこらえているようだった。「奇人変人ではなく、人並みはずれた力を持つ者と言ってほしいな。レイントリー一族とアンサラ一族は敵対関係にあるんだ。対立の種子がまかれたのは、今から何千年も前のことだ」

「ドラマに出てくる仇敵《きゅうてき》どうしみたいに?」

ダンテが白い歯を見せて笑った。「そんなふうに考えたことはなかったが……そう言われると、そうかもしれない。だが、レイントリー一族とアンサラ一族は、ただ反目し合っているだけじゃない。血で血を洗う抗争をくりひろげているんだ」

「なるほどね。レイントリーとアンサラの違いは、どこにあるの?」

「人生観に大きな違いがあると言えるだろうな。アンサラ一族は、持って生まれた力を自分たちの利益のためにのみ使おうとする。レイントリー一族は、サイキック・パワーは神が与えてくれたものと見なし、決して悪用はしない」

「あなたたちは正義の味方ってわけね」

「人間性という点では——そうだろう。だが、レイントリー一族のなかにも、品行のよくない者はいる。そんな連中でも、一族から追放されたくない一心で、ぼくの命令にだけは忠実に従うんだ」

「同じことがアンサラ一族にも言えるでしょうね。彼らのすべてが悪者ではないかもしれないけれど、家族や友人とともに暮らすためには、ボスの言うことを聞かなければならない」

ダンテがうなずいた。「そんなところだ」

「あなたたちには、相違点より共通点のほうが多いんじゃないかしら」

「似ている点がいくつかあることは認めるが、ひとつだけ、決定的に違う点がある」

「それはなに？」

「初代のころから、アンサラ一族は、レイントリーの血を引く人間とのあいだに生まれた子供を容赦なく殺してきた。例外はなしだ」

ローナはふたたび痛みはじめた頭を手でさすった。ダンテの話が事実だとすると、それはひどいことだった。一族の血を守るために罪のない子供を殺すのは、決して許されることのない悪行だ。この世には、生きる価値のない人間がいる、とローナはつねづね思っていた。子供を虐待する人間に、生きる資格などありはしない。

「それぞれの一族に生まれた男女が正式に結婚するのは、めったにないことなんでしょうね？」

「あったとしても、何世紀も前のことだ。あえてタブーを破って結婚に踏みきる者がいなくても不思議はない。ベーグルはもう食べないのか？」

ダンテが急に話題を変えたので、ローナはとまどったようにベーグルを見た。小皿の上のベーグルは、まだ半分ほど残っている。飢え死にしそうなほど空腹だったはずなのに、ダンテと話をしているうちに食欲が失《う》せてしまった。「ええ、たぶん」ローナは気のない返事をして、ダンテに皿を手渡した。

ダンテは彼女の食べ残しのベーグルを捨ててから、食器洗い機に皿を入れた。「きみは

ちゃんとした訓練を受けるべきだ」ダンテが言った。「優れた能力を持ちながら、身を守るすべ
を知らずにいるのは危険だ。アンサラ一族に目をつけられて、利用されるかも――」

「あなたがわたしを利用したみたいに?」ローナは辛辣な口調で言った。

「そうだ」ダンテは否定しなかった。「だが、彼らは火を消すのではなく、あおるためにきみを利用するはずだ」

ローナはその場に立ったまま、訓練を受けろというダンテの提案について考えてみた。自分が〝持って生まれた力〟のことを話し合うのは、今ではさほどいやではなかった。自分が普通の人間にはない力を持っていることを否定する気もなくなった。けれども、ダンテの意図に気づいたとたん、ローナの心に深く根づいた恐怖がふたたび頭をもたげた。

「いやよ」ローナはかぶりをふりながらあとずさりした。「あなたの〝訓練〟を受けるつもりはないわ。そんな提案を受け入れるほどばかだと思っているの?」

「トラブルに巻きこまれるのがいやなら、訓練を受けるんだ。今すぐに」

「トラブルに巻きこまれたら、自分でなんとかするわ。今までずっと、そうしてきたもの。それに、あなたは自分の問題に対処するだけで手いっぱいなんじゃない?」

「これから数週間は目が回るほど忙しいだろうが、愛する者を失った人々は、ぼくよりもっとつらい思いをするはずだ。夜が明けてすぐ、火災現場でまた遺体が見つかったんだ。

これで犠牲者が二名になった」ダンテの表情が険しくなった。

「わたしが言いたいのは、そういうことじゃないわ。ゆうべの火事が警察沙汰《ざた》になりそうだと言っているのよ。消防署が火災の原因を調査して放火か失火かを断定する前に、刑事が関係者の事情聴取をしたのは、ゆうべの火事に不審な点があったからだとしか思えない」

ダンテが突き放したような目でローナを見た。全知全能の神のようなダンテも、警察の不審な動きは見逃していたようね、とローナは思った。世間の荒波にもまれて生きてきた彼女は、どういうときに警察が動くのかも知っていた。刑事たちがはやばやと火災現場に姿を見せたのは、そこに事件性があると判断したからだ。だが、消防署はまだ昨夜の火事を放火と断定したわけではない。出火原因の正式な発表があるのは、今日の午後あたりだろう。

ダンテは小声で悪態をつき、携帯電話をポケットからとり出した。「ぼくが電話をかけているあいだ、きみはここにいるんだ」

ダンテの言葉は、単なる指示ではなかった。キッチンを出ようとしたローナの足は、戸口のところで止まってしまった。

「ひどいわ、レイントリー！」ローナは大声で叫び、ふりかえった。

「ダンテだ」

「ひどいわ、ダンテ！」

「それでいい」彼はそう言い、ローナにウインクしてみせた。

12

　ダンテはまず、警備主任のアル・レイバーンに電話した。ローナが言ったとおり、昨夜の火事は警察沙汰《ざた》になりそうだった。自分が気づく前に、彼女にそれを指摘されたのは腹立たしいことだった。もっと早く警察の不審な動きに気づいていれば、刑事の事情聴取を受けながら、彼らがはやばやと火災現場にやってきた理由を尋ねることができたはずだ。出火原因に事件性があると断定されないかぎり、火事のあった場所が犯罪現場と見なされることはない。野次馬を遠ざけたり、交通整理をしたりするために制服警官が火災現場に出動するのは当然だが、刑事までやってくるのは普通ではなかった。

　あちこち電話をかけることで、出火原因が断定される前に刑事が来た理由がわかると思ったわけではない。ただ、手元にある情報の流れをさかのぼろうとしたのだ。ダンテはアルと話したあと、市庁舎にいる友人の意見を聞いた。危険と隣り合わせの生活が好きで、裏社会にも通じている一族のメンバーにも連絡し、昨夜の出来事をさまざまな観点から眺めようとした。

　今、なにが起こっていて、ふたりの刑事がどうかかわってくるのか、なんとしても突き止める覚悟でいた。必要とあらば、優れたテレパシー能力を持っている妹のマーシーに協力を求めるつもりだ。ダンテは十六になったころ、十歳だった妹のマーシーにガールフレンドとの仲を裂かれたことがあった。ダンテがガールフレンドといいムードになったとき、マーシーの思念が頭のなかに飛びこんできて、〝いやらしい！〟と言ったのだ。ぎょっとしたダンテの欲望はあっけなく萎《な》えてしまい、ガールフレンドにも愛想をつかされた。十六歳の少女にとって、それは自分の魅力を否定されたに等しい屈辱的な体験だったのだ。その後、ダンテはマーシーの思念が頭のなかに入ってこないようガードするようになった。それに腹を立てたマーシーは、ダンテがガールフレンドといやらしいことをしようとしていたと両親に告げ口した。おかげで、ダンテは父親から長々とお説教されるはめになった。

　〝肉体関係を持った相手が妊娠したら、おまえはその責任をとらなければならない。相手が誰であろうと、その女性と結婚し、生涯をともにするのだ〟父親にそう厳命されてから、ダンテは女性とのつき合いに慎重になった。当時、レイントリー一族のドラニール――長だった父親は、後継者であるダンテに甘い顔は見せなかった。優性の遺伝子を持つレイントリー一族の血を引く子供は、ひとりの例外もなく特殊な能力を持って生まれてくる。アンサラ一族の場合もそうだった。彼らがレイントリーの血を引く人間とのあいだに生まれた子供の命を即座に絶つ理由はそこにあった。両家の血の交わりが危険を招く可能性もないわけではないのだ。

　年齢を重ねるにつれ、マーシーの能力はさらに高まっていった。一族のなかには、テレパシーを使える者が何人もいるので、あえてマーシーを呼ぶことはない、とダンテは思った。彼らの能力はマーシーほど優れていないものの、充分役に立ってくれるはずだ。マーシーにとって、レイントリー一族の本拠である〈安息の地〉は、このうえなく居心地のいい場所だった。〈安息の地〉の外では、普通の人々のさまざまな感情や思いにさらされるため、ガードを固めなければならない。それでも、マーシーは六歳になる娘のイヴを連れて、ときどきダンテやギデオンを訪ねてきた。ショッピングが大好きなマーシーが気晴らしに散財しているあいだ、ダンテとギデオンは小悪魔のようなイヴのお守りをさせられた。だが、マーシーは〈安息の地〉の守護者だった。一族の本拠地を守るのが彼女の務めであり、楽しみでもあった。そのマーシーを〈安息の地〉の外へ呼び出すのは、最後の手段としてとっておくつもりだった。

　ダンテがあちこちに電話をかけているあいだ、ローナはその場から一歩も動けなかった。時間がたつにつれ、彼女の怒りは大きくふくらみ、今にもダーク・レッドの髪が逆立ちそうだった。彼女にかけたマインド・コントロールをゆるめ、家のなかを自由に動き回れるようにしてやろうかとも思ったが、考えなおしてやめた。少しでも行動の自由を得たら、ローナは武器になりそうなものを探し出し、襲いかかってくるだろう。実のところ、彼はローナに口汚くののしられるのをけっこう楽しんでいた。

というより、ローナと一緒にいることを楽しんでいたと言うべきだろう。

ひとりの女性にこれほど魅了され——心を動かされたのは、ダンテにとって初めての経験だった。ローナは昨夜、ベッドで眠りながら、すすり泣くような声をもらしていた。その声を耳にしたとき、胸がしめつけられるような気がした。夜うなされるのはいつものことなのか、眠りながら哀れな声を出していたという自覚がローナにはあるようだった。にもかかわらず、彼女はうなされた覚えはないと頑強に否定した。〝いびきをかいていたのよ〟と見えすいた嘘《うそ》までついて……。そのことが、ダンテの心をがっちりとらえた。

弱者として扱われまいとするローナの姿は、ダンテの目に好ましく映った。昨夜のようにひどい目に遭わされても、ローナは決して弱みを見せず、哀れみをかけられることをかたくなに拒んだ。自分はキング・コングと同じくらいタフだと本気で信じているのかもしれない。ローナは身を守るかわりに、敵と見なした相手に果敢に立ち向かっていった。鋭い言葉と強烈なパンチが彼女の武器だった。

ダンテはそんなローナを手荒く扱った。彼女をおびえさせ、その心に押し入っただけではない。着ていた服をはぎとって身体検査をし、屈辱を味わわせたのだ。もしもローナがすなおに言うことを聞いてくれていたら、あんなまねはしないですんだのに……。ローナは執拗《しつよう》に抵抗しつづけた。だが無理もない。昨夜のぼくの行動は、彼女の信頼を勝ちとるようなものではなかった。彼女に危害を加えるつもりは、まったくなかったとも言えない。アンサラ一族であることを示す三日月形の青い痣《あざ》を見つけたら――人知れずローナを手にかけていただろう。

ローナの背中に三日月形の痣がないことを確認したとき、ダンテは自分でも驚くほどほっとした。許されるものなら、彼女を胸に抱きしめたかったが、マインド・コントロールをして〝ぼくに暴力をふるうな〟と命じないかぎり、彼女に両目をくりぬかれていただろう。股間《こかん》にも強烈な蹴《け》りをお見舞いされていたかもしれない。ローナはあのとき、ぼくの顔など二度と見たくないと思ったはずだ。

ローナが今まで、しかるべき訓練を受けずにきたのは、自慢できることではなかった。本当は、大人になる前に、自分の力の制御法と強化法を覚え、身を守るすべを習得するべきなのだ。レイントリー一族でもアンサラ一族でもない〝はぐれ者〟のローナのなかには、強大なエネルギーが眠っていた。それを彼女が濫用する可能性があると同時に、何者かが彼女を利用するおそれもあった。

ローナが持っているのは予知能力ではなく、透視能力かもしれない。彼の従姉妹《いとこ》のエコーは、これから起こることのイメージが脳裏に浮かんでくるらしいが、ローナの場合は、イメージではなく〝感覚〟としてとらえているようだった。だから、カジノのディーラーが次に配るカードを予測できるし、どのスロット・マシンが利益を生むのかもわかるのだ。

新しい靴の値段を知っていたのも、そのせいだろう。ローナが宝くじを買わずに、現金調達の場としてカジノを選んだ理由は不明だった。おそらく、一度に大金を手に入れて目立つのは危険だと、本能的に感じたのだろう。必要な現金をカジノで稼ぐのは、数字に強いローナにとってたやすいことにちがいない。

ローナはダンテの神経をさかなでにした。

にもかかわらず、ダンテはローナを自分のものにしたいと思っていた。

心のなかで、ふたつの相反する事実が共存していた。ローナに何度いやな思いをさせられても、ダンテは声をたてて笑いたくなった。ダンテが求めているのは、ローナの肉体だけではなかった。彼女には、自分のユニークな力を受け入れてほしかった。ダンテの願いは、彼女の庇護者《ひご》になって、彼女を教え導くことだった——だが、それらはことごとく彼女にはねつけられてしまった。ダンテにとって、ローナは癪《しゃく》にさわる存在なのだ。

そのとき、ドアベルが鳴った。ローナの新しい靴が届いたのだ。ダンテは怒り狂っている彼女をその場に残して応対に出た。玄関のドアを開けると、ホテルの従業員が小箱を手にして立っていた。「遅くなってすみません、ミスター・レイントリー」若い男性従業員が、額の汗をぬぐって言った。「州間高速で交通事故があって、運悪く渋滞に巻きこまれてしまって——」

「気にするな」ダンテは青年を安心させてやった。「わざわざ靴を持ってきてくれてありがとう」カジノ・ホテルの従業員には、きちんと給料を支払っているので、ちょっとした用を頼んでも罰は当たらないはずだった。

ダンテは靴が入った箱を持ってキッチンへ行った。ローナはさっきと同じ場所に立っていた。

「きみの新しい靴だ。はいてみて」そう言って、ローナのほうへ箱を差し出した。

しかしローナは彼をにらみつけ、箱を受けとろうとしない。

当然だ。

ダンテは箱から靴をとり出し、ローナの前で片膝をついた。意外にも、彼女はダンテの手が足にふれてもいやがりはしなかった。彼はローナの足の裏を手でふいて、柔らかな黒のフラット・シューズをはかせた。それからもう一度同じことをくりかえし、両方の足に靴をはかせると、片膝をついたまま彼女を見あげた。「サイズは合っているかな？　きついところはない？」

ダンテが手配した新しい靴は、傷んでしまった彼女の靴によく似ていた。といっても、似ているのはシンプルなデザインと色だけだ。新しい黒のフラット・シューズは上質の革製で、土ふまずのアーチなどの構造もしっかりしている。ローナの古い靴は底が薄く、縫い目もほつれかけていた。彼女はポケットに七千ドルあまりの現金を入れていたにもかかわらず、安物の靴をはいていた。今までに稼いだ大金をなんに使ったにせよ、着るものに金をかけていないのは明白だった。

「はき心地は悪くないわ」ローナはしぶしぶ認めた。「でも、百二十八ドルぶんの価値があるかどうかは疑問ね」

ダンテは静かに笑いながら立ちあがり、しばらくのあいだ、ローナの顔を眺めていた。彼女の頑固さは、あらためて彼の心を惹《ひ》きつけた。ローナはいわゆる〝性格美人〟で、インパクトのある性格が、その容姿を美しく見せているようだった。といっても、決して醜いわけではない。目をみはるような美女ではないものの、好感の持てる顔立ちをしていた。だが、ローナにいきいきとした魅力を与えているのは、その辛辣《しんらつ》で生意気な口のきき方と、挑戦的な瞳だ。ローナ・クレイは安らぎを与えてくれるタイプの女性ではないのだ。

彼女をマインド・コントロールから解放しなければならないことは、ダンテにもよくわかっていた。だが、いったん自由を得たら、ローナはこの家から立ち去るだろう――リノの街を出ていくことも確実だった。

一般人にまじって暮らすのは、ダンテにとって苦痛でもなんでもなかったが、レイントリーの血を引く人間にとって、彼はさからうことのできない長だった。ダンテがドラニール――一族の長になったのは、今から十七年前、二十歳のときのことだった。それ以前も、普通の生活を送ってきたとは言いがたかった。一族のなかでも直系の家に生まれたダンテは、プリンスであり、次期当主でもあったのだ。

そのせいもあって、拒絶されることには慣れていない。ローナに〝ノー〟と言われて、不愉快になるのは当然だった。

「この家のなかなら、どこへ行こうときみの自由だ」ダンテはそう言ってから、〝緊急事態が発生したら、外に出てかまわない〟と声にならない声でつけたした。昨夜のような火事が、この家で発生しないとはかぎらない。

「なぜここにいなければならないの？」ローナは緑がかった、はしばみ色の瞳に怒りをたぎらせたが、ダンテに暴力をふるおうとはしなかった。

「この家を出たら、きみは街から逃げ出すだろう」

ローナは否定しなかった。「いけない？　べつに指名手配中の犯罪者じゃないのよ」

「ぼくはきみに対して責任を感じてるんだ。ぼくなら、きみを教え導くことができる」ダンテはもっともらしいことを言った。

「わたしは……」ローナは反論しようとしたが、思いなおしたようにひとつ大きく息をした。今さら、自分には超能力などありはしないと言いはっても無駄だとわかったのだ。ローナは自分がサイキックであるという事実を否定するのではなく、少しずつ受け入れはじめていた。

彼女はなぜ、自分が普通の人間にはない力を持っていることを認めたがらないのだろう？　ダンテにはその理由がわかるような気がしたが、あえて問いつめようとはしなかった。

しばらくの沈黙のあと、ローナが言った。「自分の面倒は自分で見られるわ。あなたのほどこしを受けたいとは思わない」

「ぼくはただ、きみに知識を与えたいだけだ。きみは予知能力者だというぼくの認識は間違っていたかもしれない」ローナはそう言われてほっとしたようだったが、ダンテがさらに言葉を続けると表情を曇らせた。「きみにあるのは、透視能力のほうだろう。透視についてなにか知ってる？」

「いいえ」

「エル・シーケイは？」

「アラブ人の名前？」

ダンテはにやりとした。言われてみれば、確かにそう聞こえる。「エル・シーケイというのは、嵐《あらし》を支配する能力のことだ。ぼくの弟のギデオンには、稲妻を操る力がある」

「それは才能というより障害ね。普通の神経の持ち主なら、稲光から逃げたいと思うはずよ」

「ギデオンは普通じゃないんだ。弟にとって、電気はエネルギー源だ。ギデオンには、電気的な念動力もある。わかりやすく言うと、思念の力で街灯を破裂させたり、コンピューターを狂わせたりできるんだ。ぼくが作ったシールドのお守りがないと、飛行機に乗ることもできない」

ローナはダンテの話に興味を引かれたようだった。「彼はどうして自分でお守りを作らないの？」

「予知能力者が自分の将来を見通せないのと同じ理屈さ。お守りを作れるのは、レイントリー一族のなかでも直系の家に生まれた者だけだが、自分のために作ることはできない。だから、殺人課の刑事をしているギデオンの身に危険がおよばないよう、ぼくが護身用のお守りを作ってやるんだ。飛行機に乗る必要があるときは、シールドのお守りを送ることにしている。ギデオンが発散する電気エネルギーのせいで計器が狂ったら一大事だからな」

「電気的な念動力」ローナが噛《か》みしめるように言った。「なんだか、いかがわしげに聞こえる」

「確かにな」ダンテは淡々とした口調で言った。ギデオンはセックスのあと――前か、その最中だったかもしれない――体から微光を発することがあるらしいが、兄であるダンテもくわしいことは知らなかった。それでも、ローナが超能力に関心を持ってくれるなら、いかがわしげな力を使ってみせてもいい、とダンテは思った。

「こうしたらどうかな」ダンテは朝からずっと考えつづけていたことを、今ここで思いついたように言った。「一週間でいいから、試しにぼくのトレーニングを受けてみないか？

身を守るための基本をきみに教えたいんだ。きみはエネルギーの流れに敏感すぎるほど敏感だ。そんな無防備な状態で、よく外を歩けるものだ、とぼくは驚いているんだ。一週間あれば、いくつか簡単なテストをして、きみがどの分野に優れた能力を持っているか、調べることもできる」

ローナは彼の提案に拒絶反応を示しつつも興味をそそられたようだったが、警戒心を捨てたわけではなかった。他人の手に身をゆだねることに抵抗を感じるのだろう。「具体的に、わたしはなにをすればいいの?」

「特になにもする必要はない。きみを椅子に縛りつけて、教科書を無理やり読ませるような教え方はしないつもりだ。あと数日は、いやでもこの家にいなければならないんだから、自分についてもっとよく知るために、その時間を有効に利用してもいいんじゃないか?」

「だったら、着替えが必要だわ」ローナが言った。意地を張るのをやめて、ダンテの提案を受け入れる気になったのだ。

「滞在先の住所を教えてくれ。誰かに着替えをとりに行かせるから」

「わたしがここにいるのは、長くても二、三日よ。それが過ぎたら、このいまいましいマインド・コントロールから完全にわたしを解放すると約束して」

ダンテはローナの要求について考えてみた。レイントリー一族の長である彼の言葉には重みがあった。ここで彼女に軽々しい約束をすることはできない。ダンテは熟慮してから口を開いた。「きみをマインド・コントロールから解放するかどうかは、一週間後に決める。きみは聡明《そうめい》だから、それだけの時間があれば、多くのことを学べるはずだ。だが、今はまだ、一週間後にきみを自由にすると確約はできない」

13

「なにが原因で失敗したんだ？」

そう尋ねたカイル・アンサラの声は穏やかだったが、ルーベン・マクウィリアムズはだまされなかった。従兄弟《いとこ》どうしとはいえ、カイルは簡単に心を許せる相手ではない。カイルが機嫌のいいときほど、いつも以上の用心が必要だった。ルーベンはカイルが好きではなかったが、気心の知れた者ばかりが集まっても革命は起こせない。

ルーベンは自分の直感を信じて、昨夜はカイルに連絡を入れなかった。カイルに結果を報告するのは、配下に情報を収集させてからでいいと思ったのだ。聞きこみの結果、興味深い事実が掘り起こされた。その事実が持つ意味はまだ不明だったが、なにかを見つけたことだけは確かだった。

「わからない――なにが原因で失敗したのか、具体的なことはなにひとつわかってないんだ。ぼくたちの側にミスはなかった。エリンはストッフェルとピアとぼくからエネルギーを引き出して、炎をあおっていた。ダンテ・レイントリーの力をもってしても、火の勢いを弱めることはできないはずだった。実際、レイントリーは窮地に追いこまれていたんだ。そのとき、なにか……想定外の出来事が起こったようだ。レイントリーは火の勢いにおそれをなして逃げ出したのかもしれない。でなければ、あの男には、我々が考えていた以上の力があるんだ」

カイルがなにも言わないので、ルーベンはホテルのベッドに座ったまま、そわそわと体を動かした。ダンテ・レイントリーが火災現場から逃走したという見方にカイルは飛びつくだろう、とルーベンは予想していたが、実際はそうはならなかった。カイルという男は予測不可能なのだ。

「エリンはなんと言っている?」長い沈黙のあと、カイルがきいた。「もしもレイントリーが現場から逃走したなら、火はなんの抵抗もなく燃え広がったはずだ。レイントリーが炎との闘いからしりぞくと同時に、エリンは自分のパワーが増大したように感じたんじゃないか?」

「エリンはなにも気づかなかったと言っている」昨夜の出来事について、ルーベンはエリンと徹底的に話し合った。少しでも変化があれば、エリンが気づかないはずはない——だが、消防士たちが火を消すまで、エリンはなんの変化も感じなかったらしい。とすると、なんらかの障害があったとしか思えなかった。それがなにかはわからないが……。

「なにも気づかなかった?　なぜそんなことが言える?　エリンは炎の使い手だ。昨夜の火事はあいつが起こしたものなんだから、すべてを把握しているはずじゃないか」

カイルの語気は鋭かったが、昨夜ルーベンとエリンが交わした激論とくらべれば、穏やかなものだった。当然のことながら、エリンは作戦が失敗した原因は自分にはないと主張した。とはいえ、作戦がうまくいかなかった理由は見当がつかないようだった。「エリンの話によると、炎をホテルのほうへ導こうとしたとき、急に接触が断たれたようなんだ。火がまだ燃えていることは感じられても、どんな動きをしているかまでは把握できなかったらしい」ルーベンはそこで少し間を置いた。「エリンの言葉に嘘《うそ》はない。現場で彼女とパワーを融合させていたぼくにも、彼女の驚きが伝わってきた。エリンは防護壁のようなものに炎の侵食をはばまれたと言っている」

「それは単なる言い訳だ。そういった防護壁は、連中の本拠地にしか存在しない」

「確かにそうだ。エリンが責任逃れの言い訳をしているかどうかは別にして、ぼくもカジノが目に見えない防護壁に守られていたとは思わない。エリンも確信があって、そう言ったわけじゃないんだ。もしも防護壁が存在していたなら、ぼくが気づいていたはずだ」

「火事になったとき、レイントリー一族のほかの連中がどこにいたかわかっているのか?」

「すべて把握している」昨夜、ダンテ・レイントリーのそばに一族の者はひとりもいなかった。エリンのように、同族から引き出したエネルギーを利用して、自分のパワーを増幅させることはできなかったはずだ。リノ在住のレイントリー一族は、わずか八名。一族の長であるダンテは、そのなかにふくまれていない。八名のうち、昨夜〈インフェルノ〉の近くにいた者はいなかった。

「必ず成功すると請け合った作戦が失敗に終わったにもかかわらず、きみにはその原因もわからないというわけか」

「原因については、まだ調査中だ。今、気になっていることがひとつある。火が出たとき、女がひとり、ダンテ・レイントリーと一緒にいたんだ。ふたりが救出されるところを目撃した者は同志のなかにいないが、保険会社の査定人をよそおって聞き込みをしたところ、ダンテが女を連れていたという事実が判明した」火災現場には、複数の保険会社の査定人が押しかけてきていたので、ルーベンが配下の者をもぐりこませても、疑いの目で見られることはなかった。昨夜の火事では、何台もの車が被害を受けており、カジノの客のなかには私物をなくした者もいた。死亡者は二名ですんだが、負傷者はかなり出た。保険会社の査定人や弁護士でごったがえしている現場で、相手の身分をいちいち確かめようとする者はいないので、偽の査定人による情報収集はスムーズに行われた。

「女の名前は？」

「ローナ・クレイ。救急隊員から彼女の名前と住所を聞き出した。ホテルの客ではない。書面にしるされた住所はミズーリのものだったが、現在そこに住んでいないことが確認できた」

「それから？」

「出火したとき、ローナ・クレイとレイントリーはホテルの区画にあるオフィスにいたようだ。その証拠に、ふたりは西の非常階段を使って一緒に避難している。レイントリーは大勢の人間をカジノの駐車場へ避難させたあと、ローナ・クレイとともにロビーのほうへ向かったようだ。その後、ふたりとも救出されたわけだが、疑わしい点がいくつかある。ローナ・クレイは火傷《やけど》ひとつ負わなかった。ダンテ・レイントリーも無傷だった」

「おおかた、目に見えない球形のシールドを張って、炎と煙から身を守ったんだろう。ユダにも同じことができる」カイルは淡々とした声でユダの名前を口にした。ユダは先代ドラニールの正妻の子で、カイルの腹違いの弟だった。兄である自分をさしおいてアンサラ一族の長になったユダに対する嫉妬《しっと》と恨みは、幼いころからカイルの心をむしばんできた。

球形のシールドの話を聞いて、ルーベンは感心してしまった。炎の使い手なら誰でも、煙から身を守るすべを心得ている。だが、熱まで遮断できる者は、めったにいなかった。いかに強力な炎の使い手でも、呼吸しなければ死んでしまう。熱を遮断し、空気だけを内側へ通すシールドを自分のまわりに張りめぐらすのは、炎を操ることとは比較にならないほど高度なわざだった。

「ローナ・クレイという女について話を続けてくれ」カイルが鋭い声でうながした。

「救出後に作成された彼女の供述書のコピーに目を通したが、ダンテの供述とくいちがう点はなかった。ふたりの供述どおりだとすると、ダンテはどう短く見積もっても三十分ほど炎と闘っていた計算になる」常人なら、燃えさかる火のなかに三十分もいて、生きていられるはずはなかった。

「三十分のあいだに、ダンテの力はつきていたはずだ。炎との闘いにエネルギーを使い果たして、シールドを維持することもできなくなっていただろう。あの男はヒーローになりたがるタイプだからな」カイルがさげすむような口調で言った。「ホテルの宿泊客を救うためなら、喜んで自分を犠牲にしたはずだ。この作戦が失敗しそうな要素はなかった。ダンテが火のなかで命を落としたとしても、一族の連中は死因に疑いを抱かなかっただろう。なぜなら、あの男が英雄的な行動をとるのは、誰もが予想していることだからだ。今回の作戦が失敗に終わった原因は、ローナ・クレイという女にあるようだな。サイキックにちがいない。ダンテはその女からエネルギーを引き出すことで、自分のパワーを増幅させたんだ」

「彼女はレイントリー一族とは無関係だ」ルーベンは言った。「はぐれ者の力など、たかが知れている。はぐれ者が何人か集まってダンテにエネルギーを供給しないかぎり、火勢は衰えなかったはずだ」そうは言っても、アンサラの血を引く者が四人も集まり、さかんにあおり立てていた火の勢いを弱めるのは、実際にはほぼ不可能だった。ダンテの力がどれほど強大でも、ひとりのはぐれ者から引き出せるエネルギーには限りがある。

「もっと突きつめて考えてみろ」カイルの声は厳しかった。「強大な力を持つはぐれ者はいない。とすると、ローナ・クレイは、はぐれ者ではないんだ」

「だが、彼女はレイントリー一族ではない」

「一族として、おおやけに認められていないだけだろう」カイルは〝正式な夫婦のあいだに生まれた子供ではないのだろう〟とは言わなかった。先代のドラニールはカイルを息子として認知したが、一族の長の地位を先代から譲り受けたのは、兄のカイルではなく弟のユダのほうだった。それ以来、カイルは不満を抱きつづけている。ユダがドラニールになったのは正妻の子だからではなく、一族の長にふさわしい力を持っているからだ、とカイルに諫言《かんげん》する勇気のある者はいなかった。

「一族のうちでも、直系の者の血を引いていなければ、ぼくたち四人に対抗できるエネルギーをダンテに与えられなかったはずだ」ルーベンは言ったが、直系の人間の血を引く子供が、誰にも知られずに誕生するのは、まずありえないことだった。

「だったら、ローナ・クレイは直系の者の子孫にちがいない。それが千年前の出来事だったとしても、レイントリー直系の血に秘められた力は、衰えることなく受け継がれてきたはずだ」

優性の遺伝子を持つ両家の人間が、一般人とのあいだに子供をもうけた場合、生まれた子は例外なく特殊な能力を持っている。一族のうちでも、直系の家に生まれた者が持つ力は、このうえなく大きかった。そして、その力はそこなわれることなく子孫に受け継がれていく。そういったことを考え合わせると、たとえ千年前であろうとも、直系の人間の血を引く子供が、人知れずこの世に生を受けたとは考えがたかった。

「ローナ・クレイが何者であるにせよ、その居所はつかんでいるんだろうな？」

「ゆうべからずっと、ダンテの家にいる」

カイルは無言だった。しかたなく、ルーベンは従兄弟の考えがまとまるのを待った。

「わかった」唐突にカイルが言った。「謎《なぞ》を解く鍵《かぎ》はローナ・クレイが握っているというわけだな。ダンテは彼女とパワーを融合させて、きみたち四人と互角にわたり合ったんだ。だが、それは過ぎたことだ。二度も同じ策を用いたら、敵は警戒するだろう。今度は火を使わずに、あの男を抹殺する必要がある。どんな手を使ってもいいから、あの男の息の根を止めるんだ。次は必ず、ダンテ・レイントリーの死の知らせを聞かせてくれ。ダンテと一緒に、女も始末しろ」

カイルは受話器をたたきつけるようにして電話を切った。ルーベンはゆっくり受話器を置いたあと、眉間《みけん》を指でもんだ。レイントリー一族の直系の者から順に殺害していくのは、戦略的には優れた策だった。大蛇の頭を切り落としてしまえば、胴体としっぽを始末するのは簡単だ。レイントリー一族はみな侮ることのできない力を持っているが、強大な力を持つ直系の人間がいなくなれば、レイントリー一族の形勢は一気に不利になる。その後の闘いの結末がどうなるかは、火を見るよりも明らかだった。

今から二百年前、アンサラ一族はレイントリー一族の直系の者を先に始末せずに闘いを挑んだ。そして、そのあやまちは、悲惨な結果をもたらした。アンサラ一族はレイントリー一族との闘いに敗れ、存亡の危機に直面したのだ。わずかに生き残った者たちも、カリブ海に浮かぶ小島へ追いやられてしまった。今でも、一族の大半がその島で暮らしている。だが、この二百年のあいだに、彼らはひそかに一族の立て直しをはかってきた。今のアンサラ一族には、レイントリー一族と対等に闘うだけの力がある、とカイルは考えていた。ルーベンも同じ意見だったが、ユダは闘いを望んで勇み立つ者たちをつねにいましめてきた。堅実な銀行家のユダには、危険を冒して行動を起こす必要性が理解できないのだ。一族の末端の者たちは、なにもせずにいることへの不満をつのらせ、一触即発の状態になった。レイントリー一族とユダには、この世から消えてもらわなければならない。カイルはユダを追放するだけでは満足しないはずだった。

カイルの従兄弟で、生まれ持った力も大きいルーベンには、レイントリー一族の長を事故死に見せかけて殺害するというむずかしい任務が課せられた。敵の警戒心をあおるようなまねをして、レイントリー一族が本拠地に集結したら、やっかいなことになる。彼らの本拠である〈安息の地〉は、神秘的な力に守られているという。それが事実であろうとなかろうと、ルーベンにはどうでもいいことだった。

カイルが立てた作戦は単純なものだった。まず、レイントリー一族の直系の者を始末してから、〈安息の地〉の周辺に張りめぐらされた防護壁を突破して、敵の本拠を乗っとるのだ。本拠地を押さえられ、弱体化したレイントリー一族を打ち負かすのは、簡単なはずだった。

二百年前、アンサラ一族を根絶やしにせず、その本拠地も破壊せずに残しておいたのは、レイントリー一族のあやまちだ。アンサラ一族が彼らと同じあやまちを犯すことはない。

ルーベンは長いことその場に座って考えていた。ダンテの注意をそらすことができれば、接近しやすくなるはずだ。ローナ・クレイという女は、ダンテの恋人にちがいない。ダンテより女のほうが楽に始末できる。ダンテの恋人が襲われても、レイントリー一族が警戒することはないだろう。

女も始末しろ――カイルは最後にいいことを言ってくれた。

14

月曜日　午後

「あなたが死んだら、わたしはどうなるの？」車のキーを手にしたダンテがガレージに通じるドアを開けるのを見て、ローナは渋い顔で問いかけた。「走行中にタイヤがパンクして、あなたを乗せた車が崖《がけ》から転落したらどうすればいいのか教えてよ。あなたが急に呼吸困難を起こして死ぬ可能性だってある。養鶏場のトラックのブレーキがきかなくなって、あなたのちっぽけな車をぺしゃんこに押しつぶすかもしれない。そうなっても、わたしはこの家から出られないの？　あなたが死ぬか、意識不明になるかしても、わたしにかけられた呪《のろ》いは解けないの？」

ダンテはドアをくぐろうとして足を止め、ローナをふりかえった。「養鶏場のトラック？　どうせなら、もっとおごそかな死に方を考えてくれないかな」

「死ねばすべてが終わるんだから、死に方を気にする必要はないんじゃない？」ローナはそう言ってから、あることを思いついて不安になった。「あなたまさか――不死身じゃないわよね？」

ダンテが声をたてて笑った。「ひょっとして、きみはぼくを殺すつもりなのか？」

「ふと思ったことを口にしただけよ。で、どうなの？」

ダンテがドアの側柱にゆったりとよりかかった。その姿は、目を背けたくなるほどすてきだった。ローナは彼の魅力に反応しないよう必死に努力していたが、今のように、ついうっとりしてしまうことがないわけではなかった。グリーンの瞳を見ていると、ダンテのたくましい胸に抱かれているような気がしたし、これまでに二度も彼の欲望の高まりを感じたことがあるだけに、男らしい魅力に抵抗するのはむずかしかった。実際、ふたりは肉体的に惹《ひ》かれ合っていた。だからといって、欲望を満たすために行動を起こす必要はない。ローナはときどき、赤信号を無視して道を渡りたくなることがあった。なぜなら、そこに渡るべき道があるからだ。信号が青になるまで待たされるのもいやだし、自分さえその気になれば、信号が赤でも道は渡れる――とはいえ、実際に信号を無視した経験は一度もなかった。それは愚かなことだとわかっているからだ。ダンテ・レイントリーと肉体関係を持つのも愚かなことだった。

「ぼくは不死身じゃない――きみとほとんど同じさ。死ねない体を持って生まれなかったことを神に感謝しないとな。生きるのは楽じゃないが、永遠に生きつづけるのは、もっとつらいはずだから」

ローナは一歩後ろにさがった。「わたしと〝ほとんど〟同じってどういう意味？」

「その話はまたの機会にしよう。今は時間がないんだ。きみのもうひとつの質問に対する答えは、ぼくにもわからない」

ローナは激怒した。「なんですって？ あなたの身にもしものことがあった場合、わたしがこの家から解放されるかどうか、自分にもわからないっていうの？ それなのにあなたは、わたしをここに置いていくつもり？」

ダンテは少し考えた。「ああ」それだけ言うと、彼はガレージへ行ってしまった。

ローナはドアが完全に閉まる前にあわてて手で押さえた。「待って、わたしを置いていかないで！ お願い」不本意ながら、懇願するような言い方になってしまった。自分をこんな立場に追いこんだダンテが憎かったが、死ぬまでこの家から出られなくなるかもしれないと思うと、平静ではいられない。

ダンテがジャガーに乗りこんで言った。「大丈夫だから心配するな」ローナの返答は、ガレージの扉が開く騒音にかき消されてしまった。

ローナはキッチンからガレージへ通じるドアを力まかせに閉めたあと、腹立ちまぎれに二重ロックをかけた。ダンテは自宅の鍵《かぎ》を持っているので、ドアをロックしても無駄だとわかっていたが、そうしなければ気がおさまらなかった。

ほどなく、ダンテのジャガーが外に出る音がして、ガレージの扉が閉まった。

ひどい。あんまりよ！　わたしを置き去りにして行ってしまうなんて。いいえ、正確には〝置き去り〟じゃない――わたしはここに〝監禁〟されたようなものだ。

今朝早く着替えが届いたので、汚れの残ったズボンははき替え、ダンテの大きすぎるシルクのシャツも脱いでしまっていた。わたしは出かける準備ができていたのに、ダンテはなぜ一緒に連れていってくれなかったのだろう。彼にマインド・コントロールされたら、わたしは逃げたくても逃げられないとわかっているはずなのに。

なすすべもなくローナはキッチンを見回した。ダンテが傲慢《ごうまん》でいばりくさった男になったのは、一族の長だか、王様だかに祭りあげられたせいに決まっている。きっと今まで、他人の感情を無視して、自分がしたいようにしてきたのだろう。彼には結婚歴がないようだけれど、将来も結婚なんてできるわけがない。聡明《そうめい》な女性が、あんな男を相手にするはずがないもの。ダンテに引っかかるのは、頭のなかに塩でもつまっている……。

塩。

キッチンを見回すと、塩と胡椒《こしょう》が入ったステンレス製の大型容器が電子レンジのかたわらに置いてあった。ローナは目についたドアをひとつ残らず開けてみた。彼女が探していた食品貯蔵室には、大量の塩が保存してあった。

ダンテには、コーヒーにスプーン一杯の砂糖を入れる習慣があるようだった。ローナは塩の容器とシュガー・ボウルの中身をこっそり入れ替えた。明日の朝一番にダンテが飲むコーヒーは、ひどい味がするはずだ。そして、彼が塩をふりかけたものは、すべて甘くなるはず。

ローナはそこでいいことを思いついた。

ダンテが出かけて三十分ほど過ぎたころ、電話が鳴った。ローナは着信番号をチェックしたが、電話には出なかった。ダンテの秘書でもないのに、そこまでする必要はないと思ったのだ。電話をかけてきた人物は、メッセージを残さなかった。

それから家のなかをくまなく調べてみた。そこは、ひとりで住むには大きすぎる家だった。実際にどれくらいの広さがあるのか、ローナには見当もつかなかった。部屋数は、寝室が六つと、トイレつきバスルームが七つ、洗面設備のあるトイレがひとつ。三階は全体がダンテの寝室になっていた。そこだけで、四人家族がゆったり住めそうな広さがある。見るからに男っぽいその部屋は、グレーがかったブルーと淡いオリーブ色で統一されていたが、あちこちに配置された美術品や装飾品、クッションなどは深みのある赤だった。

寝室の一角は独立したリビング・スペースになっていて、キャビネットにはめこまれた大画面のテレビが、リモコンのボタンひとつで出たり入ったりする仕掛けになっていた。そこには流しつきカウンターも設置されていて、小型冷蔵庫とコーヒー・メーカーが置いてあった。キッチンまで下りていかなくても、この場所でちょっとした食事をしたり、コーヒーを飲んだりできるのだ。ローナはここでも容器のなかの塩と砂糖を入れ替えた――そのついでに、鉢植えの土をコーヒーに混ぜておいた。

それからキング・サイズのベッドのまんなかに座りこみ、最高にすばらしいマットレスの感触を楽しみながら考えた。

ダンテの家は広々していて、住み心地もよさそうだったが、豪邸と呼べるほど派手なものではなかった。快適さを維持するための設備はあるものの、居住空間としての全体的な雰囲気はそこなわれておらず、富をひけらかすようないやらしさは感じられない。

ダンテがありあまる資産の持ち主であることは、否定しようのない事実だ――当人さえその気になれば、この家の十倍の広さがある豪邸を建てられるだろう。それなのに、ダンテは使用人を置かず、この家で独りで暮らしている。大勢の使用人にかしずかれて楽をするより、プライバシーをたいせつにしたいのだろう。だったらどうして、わたしをこの家に置いておくの？

わたしに対して責任を感じているとダンテは言ったけれど、わたしがどこにいようと、その気持ちに変わりはないはずだ。わたしが姿をくらますのが心配なら、マインド・コントロールをして、〝この街から出るな〟と命じておけばいいのだ。ひょっとしたら、ダンテは今までなんの訓練も受けてこなかったわたしの〝力〟に興味があるのかもしれない。でも、この家にいなくても、ダンテの指導やテストを受けることはできる。

彼がわたしをここから出そうとしないのは、わたしの体が目当てなのかもしれない。それなら、〝ぼくと寝ろ〟とわたしに命じればすむことだけれど、ダンテはそこまで極端なまねはしないだろう。意地悪で、狂気じみたところはあるけど、彼がレイプをするとは思えなかった。ダンテはわたしをその気にさせたくて、この家に足止めしたの？　でも、わたしを誘惑する気なら、わたしの機嫌をそこねてまで、ひとりで外出したりしないはずだ。やはり、体目当てでわたしを監禁したと考えるのは無理がある。本当にわたしの気を引きたいなら、自由を奪ったりしないだろう。だいいち、わたしは妖艶《ようえん》な美女じゃない。常軌を逸した手段を用いてまで、わたしと寝たがる男性がいるとは思えない。

ダンテがわたしをここに足止めした理由は、ほかにある。その理由がはっきりするまで……わたしにはどうすることもできない。ダンテをノックアウトして脱出しないかぎり、この家にとどまるしかないのだ。

昨夜、ゴリラのような警備員に〝エスコート〟されてカジノを出て、ダンテ・レイントリーのオフィスへ強引に連れていかれてからというもの、ローナは悪夢を見ているような気分だった。ショッキングな出来事が立て続けに起こったために、現実感まで失われてしまった。

昨日までのローナは、まるで目立たない存在だった。目立ちたいと思ったこともなかった。ブラックジャックで勝ったあと、祝福の言葉をかけてくる人々はいたものの、いやな思いをさせられたわけではない。ひとりでいるのは、悪いことではなかった。というよりむしろ、ひとりのほうが安全だったと言うべきだろう。

ダンテはローナをここに足止めして、彼女が〝持って生まれた力〟を制御する方法を教えるつもりでいる。ローナに選択の余地はなかった。

ローナはダンテのトリックに引っかかり、知らないはずの靴の値段を口にして、数字を先読みする能力があることを認めてしまった。自分はサイキックだと認めるのは、吐き気をもよおすほど不快なことだった。かなうものなら、今までどおり目立たない存在でいたかった。

ダンテは超自然的な力が当たり前のものと見なされる特殊な社会で育てられた。そこでは超能力が奨励され、賛美されて、誰もが適切な訓練を受けることができる。そしてダンテはプリンスとして生まれ育った。奇人変人のプリンスでも、プリンスであることに変わりはない。一方、ローナはスラムで生まれ、ひもじさに耐えながら、やっかい者あつかいされて育った。彼女の記憶のなかに、父親らしき人物はいない。覚えているのは、次から次へと現れては消えていく母親の〝男〟たちのことだけだった。母親の理解を超えたことを口にしたために椅子から転げ落ちるほどひどくぶたれた経験など、ダンテにはありはしないだろう。

子供のころ、ローナは母親がなぜ自分をぶつのかわからなかった。母親が勤め先のバーへ行くために乗るバスが、定刻より六分二十三秒遅れると教えてなにが悪いのか、理解できなかったのだ。幼いローナはバスの遅れを口にして、母親に感謝されるかわりに、平手打ちをくらうはめになった。

ローナは数字に強かった。数字にまつわることならなんでも、手にとるようにわかった。ローナの母親は、幼稚園に行くのは時間の無駄だと言って、娘を幼稚園へ通わせなかった。小学校に入り、初めて数字について学んでから、ローナは大きな空白が埋められたような安堵《あんど》感を味わった。生まれてからずっと、ローナは数字に魅せられてきた。家の番地であれ、店の看板であれ、タクシーのナンバー・プレートであれ、数字が書いてあるものならなんでも興味を抱いたが、それがなにを意味しているのか理解できなかった。わけもわからぬまま数字に引かれたのは、不思議と言えば不思議なことだった。母親が言うように自分は頭が悪いのだろう、と幼いローナは思っていたが、小学校に通うようになって初めて、謎《なぞ》を解く鍵が見つかった。

ローナが十歳になったころ、母親は酒と麻薬なしでは生きていけない状態になっていた。幼い娘への暴力も、日常的なものとなった。夜遅く、酔っぱらって帰ってくる母親は、気にくわないことが少しでもあると、娘に激しい折檻《せっかん》を加えた。手近にあるものをつかみ、娘の顔であろうと、頭であろうと、おかまいなしに殴りつけたのだ。毎晩のように、母親の暴力によって眠りを破られたローナは、恐怖におびえながら眠りにつくようになった。

ローナの子供時代の記憶は、冷たく、陰気で、恐ろしいものばかりだった。自分はいつか母親に殺されるのではないか、とつねにおびえていたが、母親に捨てられることへの不安は、死の恐怖より大きかった。自分が望まれない子供であることは、よくわかっているつもりだった。なにしろ、〝あたしはあんたを産みたくて産んだわけじゃない〟とか、〝あんたなんか生まれてこなけりゃよかったんだ〟とかいう台詞《せりふ》を、母親からいやというほど聞かされてきたのだから。

成長するにつれ、ローナは数字にまつわる特殊な才能を隠すようになった。それでも、たった一度だけ、他人に秘密を打ち明けたことがある。それは、中学三年のときのことだった。当時の彼女には、同級生のなかに好きな男の子がいた。その少年は優しく、内気な性格で、クラスの人気者ではなかった。彼の両親は敬虔《けいけん》なクリスチャンで、学校でもよおされるパーティーに息子が出席することはもちろん、ダンスを習うことまで禁じていた。パーティーやダンスとは縁のない学校生活を送っていたローナは、そんな彼に親近感を抱いた。

ふたりはおしゃべりをしたり、手をつなぎ合ったり、軽いキスをしたりする仲になった。ローナは勇気を奮い起こして、誰にも打ち明けたことのなかった秘密を彼に教えた。〝わたし、これから起こる出来事を前もって知ることができるの〟と。

その告白を聞いた直後、彼の顔に浮かんだ嫌悪の表情は、今でもローナの記憶に残っている。〝おまえは悪魔だ！〟彼は吐き捨てるように言ったあと、ローナとは二度と口をきかなかった。彼がローナの秘密を他人にもらさなかったのは、彼女への心遣いではなく、仲のよい友達がいないせいだった。

十六歳になったとき、ローナはとうとう母親に捨てられた。ある日、学校から帰ると、母親は荷物と一緒に消えていた。母親が家賃を払えなくなって、追い立てをくったことは何度もあるので、引っ越しには慣れていたが、そのころ住んでいた家の鍵は換えられていて、ローナのわずかな衣類はごみ箱にほうりこんであった。

住む場所を失ったローナは、自分で市の福祉課に連絡し、里親を見つけてもらった。

その後、複数の家庭に里子に出されて過ごした二年間は、幸せとは言えないまでも、母親とともに暮らした十六年ほど悲惨ではなかった。里子としての生活は、高校を卒業するまで続いたが、里親に虐待されたことは一度もなかった。といって、ローナをことのほか気に入ってくれた里親がいたわけでもない。〝あんたみたいな子、誰にも相手にされやしないよ〟と母親にさんざん言われてきたので、里親に愛されることは初めから期待していなかった。

十八で独り立ちするまで、ローナは耐えた。それから十三年、ひたすら人目に立たないように心がけ、ひっそりと生きてきた。もう他人に傷つけられるのはごめんだった。自分から心を開かなければ、他人に拒絶されることもない。

初めてギャンブルに手を出したのは、フロリダを訪れたときのことだ。セミノール族の居留地にある小さなカジノで少額の賭《かけ》をして、数百ドルの現金を得た。当時のローナにとって、数百ドルは大金だった。その後、ミシシッピ河畔にあるカジノで賭をして、また少し勝った。小規模なカジノは、どこにでもあった。試しにアトランティック・シティへ行ってみたものの、あまり好きにはなれなかった。ラスベガスはまあまあだったが、派手すぎるネオンと人いきれと街の熱気に圧倒されてしまった。ローナのお気に入りはリノだった。リノは大都市でも田舎町でもなく、気候もよかった。フロリダで初めて賭に勝ってから八年間、ローナは毎週カジノへ出かけ、五千ドルから一万ドルの現金を稼いできた。

だが、そうやって得た収入は重荷でしかなかった。手元に大金があっても、散財する気になれないのだ。今ではもう、ひもじい思いをすることも、寒さに凍えることもなくなった。中古とはいえ、車も手に入れたので、いつでも好きなときに荷物をまとめて別の街へ行くことができる。いろいろな街のいろいろな銀行に口座も持っていた。多額の現金も持ち歩いていた――危険は承知のうえだ。いざというときに使える現金が手元にあると、安心していられるのだ。浮き草のような生活に終止符を打たないかぎり、今までに稼いだ大金をどうするかという問題は解決しそうにない。持って歩ける預金通帳や小切手帳の数にも限界があった。

ローナが送ってきた人生は壮絶なものだった。ダンテ・レイントリーは、そんな彼女に訓練をほどこすつもりでいる。ちょっとした訓練をしただけで、なにが変わるというの？　わたしがどんな人生を送ってきたか、ダンテはまるでわかっていない。彼の訓練を受ければ、わたしが生まれ変わったように明るくなれると思っているの？　それとも、自分と同じような能力を持つ人々と巡り合い、自分たちのコミュニティを作れとでも？　いっそ、自分の経験をインターネットで披露してやろうか。ラジオやテレビ番組で、すべてをぶちまける手もあった。

いいえ、そんなことをするくらいなら、こなごなに割れたガラスを食べたほうがましだ。やっぱり、ひとりでいるのが一番いい。ローナは誰にも頼らず、自分ひとりで生きていきたかった。

ふたたび電話が鳴った。ローナはぎくりとしたが、ベッドの端まで移動して、受話器はとらず、かけてきた相手の番号だけ確認した。着信番号をチェックしても、相手が誰かはわからない。それでもなぜか、そうせずにいられなかった。

ベッドに座って思案をめぐらせているうちに時間が過ぎて、いつしか眠くなってきた。電話が鳴らなければ、ダンテのベッドで眠りこんでいたかもしれない。そこへダンテが帰ってきたら、どうなっていたことか。ローナは『三匹の熊《くま》』の家に入りこみ、不用意に寝てしまった女の子の役を演じるつもりはなかった。

とはいえ、眠けが覚めたわけではない。遅い朝食をとってからなにも食べていないので、おなかもすいていた。今から軽い夕食をとって、早めにベッドに入ろうか？　帰宅時間を告げずに出かけたダンテがもどってくるまで、起きて待っている必要はない。

せめて、電話ぐらいしてくれればいいのに――わたしが電話に出なくても、何時に帰るというメッセージは残せるはずだ。

ダンテの帰りを待つのは、無意味なことだ。ローナはそう判断すると、冷蔵庫からありあわせの材料を出し、サンドイッチを作って書斎へ行った。書棚には、超常現象に関する本がずらりと並んでいたが、ローナはあえてサスペンス小説を手にとって、椅子に腰を落ち着けて読みはじめた。その小説は眠けが吹き飛ぶほどのスリルに満ちたものではなく、八時ごろには、ついうとうとしてしまった。太陽はまだ沈んでいなかったが、昨夜の疲れが残っている体を休めることにした。

十五分後、ローナはシャワーを浴びてベッドにもぐりこみ、シーツを頭からかぶって、胎児のように体を丸めて眠りについた。

不意にともされたランプの光が、ローナの眠りをさまたげた。いつもの不安がこみあげてくる。母親はもういないとわかっているはずなのに、潜在的な恐怖は、いまだに消えずに残っていた。ローナが緊張を解く前にふとんがはねのけられ、半裸のダンテ・レイントリーの温かい体がベッドのなかに滑りこんできた。

「ちょっと、どういうつもりなの？」ローナは眠そうな声で言い、シーツの端から顔をのそかせてダンテをにらんだ。

ダンテは彼女のかたわらに身を横たえると、たくましい腕をのばして明かりを消した。

「ぼくのベッドは砂だらけだったから、ここで寝ることにしたんだ」

15

「ばかなこと言わないで。この家の外へ出られないわたしが、砂をばらまくはずないじゃない。あれはただの塩よ」ダンテの予想に反し、ローナは自分はなにもしていないとは言わなかった。ダンテが外出してから、この家にいたのは彼女だけなので、関与を否定するのは愚かなことだった。ダンテがベッドにもぐりこんでも、ローナはなぜか、さほど憤慨しなかった。眠りをさまたげられて機嫌はよくなかったが、パニックをきたしたわけではない。

「砂と言ったことは取り消すよ」ダンテはローナの体を押しやった。「もう少し向こうへ行ってくれ。ベッドから落ちそうだ」

せっかく温まった場所をダンテに奪われ、ローナはますます不機嫌になった。「どうしてあいているほうに入らないで、わたしが寝ていた場所を横取りするの?」そう文句を言いながら、キングサイズのベッドの反対側へ体をずらした。

「きみがぼくのベッドに塩をばらまいた犯人だからだ」

ローナはシーツの冷たさに辟易《へきえき》し、ふだんより小さく体を丸めた。シーツばかりか、枕《まくら》までひんやりしている。頭をもたげて枕を抜きとり、ダンテのほうにほうり投げた。

「わたしの枕を返して。こんな冷たいのはいらないわ」

ダンテは不満の声をもらしつつ、温かい枕を彼女のほうへ押しやり、冷たい枕を自分の頭にあてがった。ローナはぬくぬくした枕に頭を沈めた。柔らかな生地でできた枕は、かすかにダンテの香りがしたが、不快感はもよおさなかった。彼とのつき合いは短いながらも密接なものだったので、彼の香りに本能的な安らぎを覚えたのだろう。

「今、何時？」ローナはうとうとしながら、眠そうな声できいた。

「時間も数字のうちだから、ぼくにきかなくてもわかるはずだ。自分で考えてみるといい」ダンテの声も眠たげだった。

時間を数字として意識したことはなかったが、ダンテに言われたとおりにしてみると、ある数字が脳裏に浮かんだ。「午前一時四分」

「大当たり」

ローナは少しうれしい気分で眠りについた。

早い時間にベッドに入ったローナは翌朝、深夜に帰宅したダンテより先に目を覚ました。ひょっとしたら、ぶたれるのではないかという不安は、じっと横たわっているうちにやわらいだ。ベッドのなかはぽかぽかしていた。体を密着させていなくても、ダンテが発散する熱が伝わってくるようだった。

まだ完全に眠りから覚めていない頭を働かせ、今の時刻を推しはかってみた。すると、四、五、一という数字が、すぐさま脳裏に浮かんだ。頭からかぶっていたシーツを引きおろすと、部屋のなかが薄明るくなっている。ベッドから起き出して一階のキッチンまで下りる気にはなれない。オーブンについているデジタル時計を見れば時刻を確かめられるのだが、たぶん午前四時五十一分だろう、と推測するにとどめた。時計なしで時刻がわかるのは便利なことだった。

ダンテは体を横にして、ローナのほうを向いて眠っていた。片方の腕を折り曲げて、頭の下に置いている。呼吸は深く、ゆっくりしていた。室内がまだ暗いので、彼の寝顔はぼんやりとしか見えなかったが、それはそれでよかった。夜明けの薄明かりのなかで見るダンテは、なかなかセクシーだった。

同性愛者ではない健康な成人男性と初めて枕を並べて眠ったにもかかわらず、指一本ふれてもらえなかったのは、女として悲しむべきこと？　わたしになにか問題があるの？　ダンテから見て、わたしは魅力のない女なのかもしれない。

ダンテは危険なまでに優れた頭脳と鋭い勘を持っている。

ローナとダンテの関係は、プラトニックなものではなかった。ふたりが知り合ってから、まだ三十六時間しかたっていなかったが、最初の数時間には、何年分もの重みがあった。

といっても、ふたりで最高にすばらしい時間を過ごしたわけではない。ただローナが目にしたのは、ダンテのよそ行きの顔ではなかった。彼と社交の場でしか顔を合わせたことがない人よりも、ローナのほうが彼をよく知っているかもしれなかった。そう考えると、昨夜、ダンテが彼女に手を出そうとしなかったのも、さほど意外なことではなかった。

ローナには、まだダンテと肉体関係を持つ心の準備ができていなかった。彼を受け入れることは、永遠にできないかもしれない。ダンテもそれは承知しているはずだ。もしも彼が無理じいしようとしたら、ローナは必死に抵抗しただろう。だが、ダンテはただ、彼女と同じベッドで眠っただけだった。そうすることで、悪夢のようだった最初の数時間の埋め合わせをして、ふたりが自然に肌を重ねる可能性を残しておきたかったのだろう。

ダンテは昨夜、全裸でローナのベッドにもぐりこんできたわけではない。上半身は裸だったが、下着はちゃんとはいていた。ローナのほうも裸ではなく、いつもどおり、コットンのパジャマを着て寝ていた。昨夜、ダンテに関係を迫られなかったことが逆に作用したのか、ローナは愛を交わしているふたりの姿を想像してしまった。ひょっとしたら、ダンテは彼女がそういう反応を示すことを予測していたのかもしれない。

男性と肉体関係を持つのは、ローナにとって、簡単なことではなかった。警戒心が強いせいで、なかなかその気になれないのだ。自分から心を開いたとしても、あとで悔やむことのほうが多かった。セックスが与えてくれる快感は嫌いではないし、観念的にはそれを望んでいたとも言える。だが実際は、期待どおりの結果は得られなかった。なにをしていても、完全にリラックスすることができないのだ。リラックスできなければ、セックスを楽しむこともできないだろう。

ダンテといるときは、いつもほど緊張しなかった。ダンテは彼女が普通の人々とは違うことを知っている。それでいて、彼女を奇異な目で見ようとはしない――なぜなら、ダンテは彼女よりもっと普通ではないからだ。ローナは彼に嫌われてもいいと思っていたので、彼の前では、ありのままの自分でいられた。だから、癇癪《かんしゃく》も起こしたし、辛辣《しんらつ》な言葉も浴びせかけた。ローナはダンテのことを曇りのない目で見ているつもりだった。彼は無慈悲だけれど、卑劣な男ではない。独裁的でありながら、他人を思いやる努力もしていた。

ダンテとならセックスを心から楽しめるかもしれない。ほかの相手と違って、男のプライドを傷つける心配もしないですむだろう。ダンテが性急に事を運ぼうとしたら、そんなにあせらないでと注文をつけることができる。それがダンテの気にさわったとしても……我慢してもらうしかない。彼を満足させるために気を遣う必要はなかった。彼女との関係に歓《よろこ》びを見いだすかどうかは、彼自身の問題なのだ。

ダンテはたっぷり時間をかけて愛し合うのが好きなのだろうか？　それとも、よけいなことに時間をかけずに一気に事を進めるタイプ？

彼のサイズはどのくらい？

ダンテが突然ふとんをはねのけ、ベッドから起き出した。「どこへ行くの?」ローナはびっくりして声をかけた。ダンテはバスルームへ行くかわりに、なぜかドアのほうへ向かった。

「日の出だ」ダンテはそれだけしか言わなかった。

だからどうしたっていうの? 太陽は毎日昇るものなのに。彼は睡眠時間にかかわりなく、毎朝、日の出とともに目覚めるのだろうか? それとも、朝早く誰かに会う約束でもあるの?

ローナはダンテのあとを追おうとはしなかった。バスルームへ行く用事があったのだ。それに、ダンテには朝一番のコーヒーをひとりでゆっくり味わってほしかった。

四十五分後、ローナはベッドを整え、昨日届いた衣類をしまってから階下へ下りていった。キッチンにダンテはいなかったが、ポットにコーヒーがいれてあるのを見て、ローナはにんまりした。

ダンテはどこ? シャワーでも浴びているのかしら?

ダンテが現れるまでキッチンで待つつもりはなかった。彼女が吹き抜けのリビングを通って寝室へもどろうとしたとき、三階の屋内バルコニーにダンテが姿を見せた。

「三階まであがっておいで」ダンテが言った。「ぼくは外に出ているから」

三階にある彼の寝室の外には東向きのデッキ——あるいはバルコニーがあった。昨日、三階の寝室に入ったとき、ローナはデッキがあるのに気づいたが、ダンテにマインド・コントロールをされたおかげで、寝室から外を眺めることしかできなかった。デッキには、座り心地がよさそうな椅子がふたつと、小さなテーブルが置いてあった。太陽が西へ傾きはじめたら、日陰になった三階のデッキで快適な午後を過ごせるだろう。

ローナは階段を上り、三階にあるダンテの寝室へ行った。シーツがはがされ、マットレスがむき出しになったベッドを見ると、満足感がこみあげてきた。ダンテがデッキにある椅子に座っているのを見て、ローナは開け放たれたフレンチドアに歩み寄った。ダンテはコーヒー・カップを手にして、顔を少し上に向け、まぶしい朝日に目を細めて座っていた。その顔に浮かんだ表情は……幸せそうだった。

「きみはいろいろなものに塩をきかせるのが好きなんだな」ダンテがコーヒーに口をつけて言ったが、特に腹を立ててはいないようだ。ローナが鉢植えの土を混ぜたのは、キッチンのコーヒーではなかった。今度ここでコーヒーをいれたら、ダンテも上機嫌ではいられないだろう。

「わたしをひどい目に遭わせたお返しよ」

「だろうと思った」

それっきり、ダンテは口をつぐんでしまった。「そんな話をするために、わたしをここへ呼びつけたの？」

ダンテは夢から覚めたようにあたりを見回すと、ローナの存在に少し驚いたような顔をした。「そんなところに立っていないで、きみもこっちへ来て座ったらどうだ?」

そうしようと思っただけで、ローナは目に見えない壁にぶつかったような気がした。

「できないわ」

ダンテは彼女が家の外へ出られずにいることに気づき、ふと口元をほころばせた。その直後、見えない壁が消えてなくなった。

「最悪」ローナはデッキに出て、ダンテのかたわらにある椅子に座った。

「なにが?」

「あなた今、声を出さずにわたしのマインド・コントロールを解いたでしょ? わたし、あなたの命令を耳で聞かなければ、マインド・コントロールの影響を受けずにすむと思っていたの」

「期待にそえなくて残念だよ。マインド・コントロールをかけたり解いたりするのに、声を出す必要はない。念じるだけでいいんだ。昨日の午後は、マインド・コントロールをして〝湖に飛びこめ〟と命令したくなるような連中につきまとわれたが、なんとかその誘惑に耐えることができた」

「あなたは聖人君子ですものね」ローナが言うと、ダンテはにやりとした。

「自分でも、しつこいマスコミ相手によく我慢したと思う」

昨日ダンテが外出したのは、マスコミ関係者に会うためだったのだ。そういうことなら、わたしを連れていかなくて当然だ。

「ゆうべ、きみに電話して、帰りが深夜になることを伝えようとしたんだ。だが、きみは受話器をとろうとしなかった」

「いちいち電話に出る必要はないでしょう？　わたしはあなたの秘書じゃないんだから」

「きみに伝えたいことがあったんだ」

「そんなこと、わたしにわかるわけないじゃない」

「メッセージを残しておいた」

「聞いてないわ」二度めの電話がかかってきたとき、ローナはダンテの寝室にいた。それがダンテからの電話だったのだろう。

「きみが聞こうとしなかったからだ」ダンテがむっとして言った。

「そんなことする必要ないでしょ？　わたしはあなたの――」

「秘書ではないから、と言いたいんだろう？　まったく、きみには苦労させられるよ」

「それがわたしの狙《ねら》いですもの」ローナは鼻で笑ってみせた。

しばらくのあいだ、ダンテはぶつぶつ言いながらコーヒーを飲んでいた。ローナはなにもはいていない足を椅子の座面にのせて、雄大な渓谷や山々を見渡した。丸一日、家のなかで過ごしたあとなので、デッキに出ただけで解放感を味わうことができた。朝の大気はひんやりしていたが、家のなかにもどりたいと思うほど寒くはない。でも、靴下をはいてくればよかった。

「今日、一緒に出かけるかい?」ダンテが気のない誘いをかけてきた。

「即答はできないわ。どこでなにをするの?」

「火災現場で瓦礫《がれき》の撤去作業の進み具合を見てから、保険会社の損害査定人と話をするつもりだ。出火原因が特定される前にふたりの刑事が現場に来ていた理由についても、当人たちに直接尋ねてみようと思っている」

「おもしろそうね」

「そう考えてくれる人がいてよかったよ」ダンテが皮肉っぽい言い方をした。「すぐ出かけるから、支度をしてくれ。朝食は外でとる。なぜかわからないが、ここではなにも食べる気がしないんだ」

16

火曜日　午前七時三十分

その男は夜明け前にやってきて、夜通し監視を続けていた仲間と交替し、藪《やぶ》のなかにじっと身をひそめていた。ガレージのスライド式扉が開きはじめると、男は首にかけていた双眼鏡を目に当てて、ピントを調節した。薄暗いガレージの奥でブレーキ・ライトが赤く輝き、流線形のジャガーがバックで外に出てきた。

男は無線機を手にとって送信マイクをオンにした。「やつが今、家を出た」

「ひとりか？」

「わからない――いや、女が一緒だ」

「了解。あとはまかせろ」

当面の任務を果たした男は、レンズが光を反射して敵に居場所を知られることを恐れ、すぐに双眼鏡をおろした。ダンテ・レイントリーを尾行するのは彼の役目ではないので、しばらくのんびりしていられそうだった。

「出火原因の正式な発表はあったの？」曲がりくねった坂道をくだりはじめた車のなかで、ローナはダンテにきいてみた。空気は澄みきっていて、空は真っ青に晴れ渡っている。朝日を浴びた低木や岩がくっきりした影を落としていた。

「備品置き場のあたりから出火したらしいという発表があっただけだ」

ローナはシートベルトが首に当たらないように調節した。「読心術を使える配下に、消防署長の頭のなかをのぞかせてみたら？」

ダンテは苦笑した。「ぼくの手足となって働いてくれるサイキックがいくらでもいると思っているようだな」

「そうじゃないの？」

「一族は世界じゅうに散らばっているんだ。リノにいるのは、ぼくをふくめて九人だけだ。そのなかに、テレパシー能力者はいない」

「最強のテレパシーを使える者はいないの？　あなたが彼に――」

「〝彼女〟だ」

「〝彼女〟に消防署長の名前を教えてあげれば、遠くからでも相手の心を読めるんじゃない？」

「一族の最強のテレパシー能力者は、妹のマーシーだ。消防署長と面識があれば、遠方から相手の心を読むことは可能だ。署長と同席している場合も、テレパシーを使うことはできる。だが、三千五百キロ以上も離れた地点から、一度も会ったことがない相手の心を読むのは、マーシーでも無理だ」

「それだってすばらしいことだと思うけど――その、何千キロも離れた場所から、見ず知らずの人の心を読む必要に迫られたりしなければ。そう言うあなたは、テレパシーを使って人の心を読むことができないの？」できたら困るとローナは思った。今朝、わたしがベッドのなかでなにを考えていたか、ダンテが知っていたら……。

「テレパシーでギデオンやマーシーと意思の疎通をはかるためには、お互いに心のガードをさげる必要があるんだ。だが、ガードをさげるのは、あまり気分のいいものじゃない。マーシーは子供のころ、他人の心を勝手にのぞくのが好きだったが、大人になるにつれて、ぼくやギデオンにあれこれ詮索《せんさく》されるのを嫌うようになったんだ。今では、マーシーも厳重にガードを固めている」

「炎を意のままに操ったり、マインド・コントロールをしたりすることのほかに、あなたはなにができるの？」

「あらゆる言語を理解できる。習ったことのない言葉を自在に操る能力のことを〝異言の力〟というんだ。これがあると旅行に便利だ。それから……ささやかながら、相手の感情を自分のものとして理解する能力もある。おもしろいのは、俗に〝鬼火〟と呼ばれている光をともせることかな」

「停電したときに役立ちそうね」

「実際、何度か役に立ったよ」ダンテが口元をほころばせた。「子供のころは、母親に早く寝なさいと言われて明かりを消したあと、ベッドのなかで鬼火をともして遊んだものさ」

ほのぼのとした家庭生活は、ローナには縁のないものだった。なんとなく気がめいり、話題を変えようとした。「ほかには？」

「ほかに、これといった能力はない」

ローナは沈黙し、ダンテが話してくれたことについて考えてみた。超能力に関する彼女の知識は、なきにひとしかった。ダンテの話によると、超能力は年齢とともに進化して、使えば使うほど高度なものとなっていくようだ。自分が持って生まれた力についてもっと学べば、わたしも新たな能力を開発できるのだろうか？　わたしは本当にそれを望んでいるの？　いいえ、望んでなどいない。今ある力だけで充分だ。

ダンテの家を出てから、ローナはひどく無防備に感じていた。わたしをあの家に足止めした彼のやり方には腹が立ったけれど、彼の考え方そのものは間違っていなかったのかもしれない。あの家にいるあいだ、わたしは完全に外界から遮断され、サイキックである自分について冷静に考えることができた。でも、わたしは下賤《げせん》な〝はぐれ者〟で、レイントリー一族にもアンサラ一族にも属していない。車でたとえるなら、ローナは大衆車のフォルクスワーゲンで、ダンテは高級車のジャガーだった。リノの街が近づくにつれ、ローナの不安はさらに大きくふくらんでいった。ダンテが運転するジャガーが交通量の多い州間高速に入ったときには、パニックにおちいる寸前だった。

身についた習慣を断ち切るのは、たやすいことではない。ローナは今までずっと、自分が持って生まれた力を隠し、用心に用心を重ねて生きてきた。その生き方を急に変えろと言われても無理だ。ダンテの家では簡単そうに思えたことが、外の世界に出たとたん、実現不可能に思えてきた。超能力を毛嫌いしている人は、世間にいくらでもいる。ダンテにとって、特殊な力を持って生まれたことは神の祝福かもしれないが、ローナにとっては呪《のろ》いでしかなかった。

頭がくらくらして吐きそうになった。未知の世界の奥まで足を踏み入れても、なにも変わりはしない。世間の人々は、特別な力を持って生まれたわたしを食いものにしようとするかもしれない。世間から嘲笑《ちょうしょう》され、迫害されるおそれもある。

「具合でも悪いのか？」ダンテが横目で彼女を見た。「そんなに荒い息をして」

「もういや」ローナは急に寒けを覚え、歯の根が合わなくなった。「わたしのことはほうっておいて。訓練なんて受けたくない」

ダンテは小声で悪態をつき、次の出口で州間高速をおりると、マクドナルドの駐車場にジャガーを乗り入れた。「大きく息を吸って、いったん止めるんだ。まいったな。ぼくがもっと注意を払うべきだった――こういうことをなくすためにも、訓練を受けなければだめなんだ。きみは感受性が鋭すぎるから、周辺のエネルギーの影響をもろに受けてしまう。交通量の多いハイウェイを走ってきたことが精神的な負担になって、気分が悪くなったんだろう。きみは今まで、どうやって生きてきたんだ？　大勢の人間が集まるカジノに足を踏み入れて、よく無事でいられたものだ」

ローナはダンテに言われたとおり、大きく息を吸ったあとで止め、ぼんやりした頭で考えた。わたしは過呼吸を起こしたのだろうか？　きっとそうだ。でも、ひどく寒い。火事になる前、ダンテのオフィスにいたときのように……。

ダンテはローナのむき出しの腕に片手を置いたが、その肌の異常な冷たさに軽く眉をひそめた。「さあ、意識を集中して」ダンテが言った。「自分の心は、日差しを浴びて虹《にじ》色にきらめくクリスタルのようなものだとイメージしてごらん。クリスタルでなくても、繊細で壊れやすいものなら、なんでもいい。どう？　イメージできた？」

ローナは必死に意識を集中しようとした。「どんな形のクリスタルをイメージすればいいの？　六角形？　面の数はいくつ？」

「いくつだろうと――いや、なんでもない。クリスタルは球形だ。球形で無数のカットをほどこしたクリスタルをイメージするんだ。できた？」

ローナの脳裏に浮かんだ球形のクリスタルはミラー・ボールのようなもので、虹色にきらめくのではなく、光を反射していた。ローナはその違いをダンテに説明しなかったが、クリスタルに意識を集中したおかげで、さっきまでの冷気は感じなくなった。この調子なら、一日じゅうクリスタルのことを考えていられそうだ。「できたわ」

「よし。もうじき雹《ひょう》をともなう嵐《あらし》がやってくる。きみの手で囲いを作り、雹の嵐から守ってやらないと、クリスタルはこなごなに砕け散ってしまうだろう。今は頑丈な囲いを作るための資材をとりに行っている暇はない。そのへんにあるものを使ってクリスタルを守るんだ。あたりを見回してごらん。囲いを作るのに使えそうなものが見つかった？」

ローナは自分がイメージした世界であたりを見回したが、煉瓦《れんが》とモルタルは目につくところにない。近くに背の低い木が何本かはえていたものの、枝が細すぎて役に立ちそうになかった。地面に転がっている平たい石を積み重ねれば、クリスタルを雹から守れるかもしれない。

「時間がないぞ」ダンテが言った。「あと数分で嵐が来る」

「石がいくつかあったけれど、囲いを作るには数がたりないわ」

「じゃあ、ほかのものを探すんだ。雹はゴルフ・ボールと同じ大きさだ。石を積んで囲いを作っても崩されてしまう」

イメージの世界で、ローナはダンテをにらみつけ、必死に知恵をしぼったが、いいアイデアは浮かばなかった。しかたなく地面に膝をつき、砂っぽい土を掘りはじめた。とどろくような音とともに、雹の嵐が近づいてきた。屋根のあるところへ逃げなければ危ない。ローナは地面に掘った穴にクリスタルを入れたあと、急いで土を埋めもどしたが、穴が浅すぎて、クリスタルの一部が地面からのぞいていた。周囲の土をかき集め、クリスタルの上にかぶせたとき、最初の雹が彼女の肩に当たった。その衝撃は、こぶしで一撃されたのと同じぐらい強烈だった。土を盛っただけでは、雹の嵐からクリスタルを守れない。残された時間は、すでになかった。ローナは盛り土の上に覆いかぶさり、自分の体でクリスタルを守ろうとした。

やがて、現実の世界に立ちかえった彼女は、噛《か》みつくように言った。「だめだったわ」

ダンテは身を乗り出し、彼女の腕に手を置いたまま、グリーンの瞳で彼女をじっと見つめていた。「なにをしたんだ?」

「手榴弾《しゅりゅうだん》の下に身を投げたのよ」

「なんだって?」

「わたし、クリスタルを土に埋めようとしたの。でも、穴が浅すぎたから、自分の体でクリスタルを守ろうとしたのよ。そうしたら、雹に打たれて死んでしまったわ。あなたのイメージは最低ね」

ダンテはむっとして、彼女の腕に置いていた手を離し、シートに座りなおした。「ぼくではなく、きみ自身がイメージしたことだ」

「クリスタルをイメージしてみろと言ったのは、あなたでしょ」

「確かにな。うまくいっただろう?」

「なにが?」

「イメージ・トレーニングだよ。まだ、袋だたきにされているような感じがする?」

ローナは少し考えてから言った。「いいえ。さっきは袋だたきにされているような気がしたというより、この世の終わりが訪れたような不安を覚えたの。それから、ひどい寒けを感じたわ。火事になる前、あなたのオフィスにいたときみたいに」

「それ以前に、自分の周囲で渦巻くエネルギーに圧倒されそうになったことはないのか?」ダンテが眉をひそめた。

ローナはうなじの凝りをほぐそうとして手でさすった。「ご期待にそえなくて残念だけれど、わたしは今まで、好きなところで好きなことをしてきたわ。すさまじいエネルギーに翻弄《ほんろう》されたこともなければ、この世の終わりが訪れたような感覚に襲われたこともなかった。あのオフィスで生じた現象も、すべてあなたのしわざだと思っていたのよ」ローナはダンテのイメージ・トレーニングが好きになれなかった。彼女は楽天的な性格ではない
——口を開くたびに平手打ちをお見舞いされたら、誰だってにこにこ笑ってはいられない

だろう。それでも、ローナは希望を失ったり、絶望のどん底に突き落とされたりしたことはなかった。

「ぼくは感受性が鋭くないから、きみが言うような感覚を味わったことはない」ダンテが言った。「自分がある種のエネルギーを発散していることは知っている。感受性の強い者には、それがわかるようだ。だが、ぼくといると、この世の終わりが訪れたような気がすると言われたことはない」

「みんな、本当のあなたを知らないのよ」ローナはわざと愛想よく言った。

「そうかもな」ダンテが口元をかすかにほころばせた。その瞬間、夏の嵐の前ぶれにも似た空気がふたりのあいだに流れた。ダンテがローナの胸元に視線を落とし、柔らかな胸のふくらみを目でなぞった。ダンテは今まで、ローナに性的な関心を示したことがなかった。といっても、炎に包まれたカジノ・ホテルのロビーと自宅のキッチンで、下半身の高ぶりを彼女の腰に押しつけたときは別だ。正直に言って、ローナはそのとき、いやな気分ではなかった。自分には、ダンテの欲望をそそる魅力があるのだと思うと、下腹部のあたりがきゅっとしめつけられるようだった。

どうしてわたしは、ダンテに見つめられただけで熱くなってしまうのだろう？　息をするたびに、つんと立った胸の頂がブラジャーの内側をこすり、ローナをたまらなくさせた。刺激を弱めるために背中を丸めようかと思ったが、そんなまねをしたら、ダンテのまなざしに体が反応したのがばれてしまう。さいわい、今日は厚手の下着をつけているので、胸の頂が硬くなっていることをダンテに気づかれる心配はない。ダンテは頬を上気させているわたしを見て、ひょっとしたらと思うかもしれないけれど、わたしの体があからさまな反応を示していることはわからないはずだ。

ダンテが目をあげて、ローナの視線をとらえた。彼はゆっくりと、だが躊躇《ちゅうちょ》なく手をのばし、一本の指の背で彼女の左胸の頂をなでた。ダンテにはなにも気づかれていないはずだというローナの予想は間違っていた。彼はすべてを見通していたのだ。ローナの頬は熱くほてり、下腹部のあたりが甘くうずいて、体の芯《しん》がとろけそうだった。ダンテと肌を合わせたら、どんな感じがするだろう、と想像したのがいけなかったのだ。生まれたままの姿になった彼を見てみたい、などと考えなければよかった。今朝、眠りから覚めたあと、ベッドのなかで悩ましい空想をふくらませたりしなければ、ダンテの視線に敏感に反応することもなかったはずだ。だが、今になって後悔しても遅かった。

「きみの心の準備ができたら」ダンテが言った。彼はしばらくローナの視線をとらえていたが、胸にふれていた手をおろすと、ファスト・フード店のほうへ顎をしゃくってみせた。

「あそこで朝食をとろう」

ダンテが運転席のドアを開けて車から降りようとしたとき、ローナは驚きあきれたような口調で言った。「あなたはマクドナルドで朝食をとるために、わたしを外に連れ出したの?」

「あのMの看板を見ると、なかに入らずにはいられないんだ」

17

「ふたりはマクドナルドに入るようだ」ダンテの動きを監視していた配下から連絡があった。

「おまえはそこを動くな」ルーベン・マクウィリアムズはホテルの部屋のベッドに腰かけて言った。「それ以上、接近せずに、ふたりの監視を続けるんだ。マクドナルドに入ったのは、なにかがやつの警戒心を刺激したからだろう。ふたりが店を出たら、また連絡してくれ」

突然、ダンテ・レイントリーが車線変更し、猛スピードで州間高速をおりたのは、急にハンバーガーが食べたくなったからではないだろう。マクドナルドはどこにでもある。あそこで危険なハンドル操作をして、ハイウェイの出口に向かう必要はなかったはずだ。

配下の者がミスを犯して、ダンテに尾行を感づかれたとも思えない。とはいえ、ルーベンは現場にいたわけではないので断定はできなかった。配下の者たちはダンテの監視と尾行をしていただけだ。ダンテ・レイントリーは千里眼ではないのだから、尾行に気づくはずはない。なんとなくいやな予感がして、ハイウェイから出る気になったのだろう。〝虫の知らせ〟というのは誰にでもある。ダンテも運転中に漠然とした不安を覚えたにちがいない。普通の人間は虫の知らせを平気で無視するが、サイキックはそんな軽率なまねはしない。

ダンテの命が危険にさらされるのは、もう少しあとのことだった。ダンテが急いでハイウェイをおりたのは、あのまま走りつづけたら交通事故に巻きこまれそうな予感がしたからかもしれない。考えられる可能性は、いくらでもあった。

ダンテが家を出た直後に襲撃計画を実行するのは、時間的に無理だった。ルーベンと配下の者たちは、ダンテがいつ自宅を出て、どこへ行くのか、あらかじめ知っていたわけではない。今はダンテに尾行をつけているので、いつでも〝アミーゴたち〟をダンテのもとへ送りこむことができた。〝アミーゴたち〟が表舞台に登場したところで、ルーベンとその配下の仕事は終わるはずだった。

マクドナルドのマフィンを食べながら、ダンテが言った。「ぼくのオフィスにいたとき、どんな感じがしたか、具体的に話してくれ」

ローナはコーヒーを飲みながら考えた。車内で感じた寒けはダンテが払拭《ふっしょく》してくれたものの、冷たい飲み物を口にする気にはなれなかった。ぞくぞくする感覚の名残は、熱いコーヒーを飲んでも消えなかったが、ほっと一息つくことができた。

ローナはあの日の記憶をたぐり寄せた。もともと記憶力はいいほうなので、最近の出来事は、細部にいたるまで鮮明に覚えている。「あのときは怖くてたまらなかったわ」

そこでローナが口をつぐんでしまったため、ダンテは先をうながすように言った。「いかさまの現行犯で捕まったから？」

「いかさまなんかしてません」ローナは眉間《みけん》にしわを寄せてダンテを見た。「ディーラーが配るカードを先読みするのは、いかさまとは違うはずよ。とにかく、ここでいかさまの話をするつもりはないわ。あれは、シカゴに住んでいたころのことだった。夜、いつものように近道の裏通りを抜けて帰宅しようとしたの。ところが、裏通りまで来たところで、足がすくんで動けなくなって、吐き気をもよおすほどの恐怖がこみあげてきたわ。わたしは近道を抜けるのをやめて、別の道を通って帰宅した。次の朝、その裏通りで無残に切りきざまれた女性の遺体が発見されたのよ」

「不吉な予感がしたんだな」ダンテが言った。「おかげで、きみは死なずにすんだ」

「あなたに初めて会ったとき、あの夜と同じ恐怖を覚えたわ」ダンテがいやな顔をしたが、ローナはかまわず言葉をついだ。「巨大なエネルギーが……一気に押し寄せてきたような感じだった。息ができなくなって、失神しそうになったとき、あなたがなにか言ったの。それでようやく、落ち着きをとりもどせたのよ」

ダンテは眉をひそめてシートの背によりかかった。「ぼくはあのとき、きみに危害を加えるつもりはなかった。それなのになぜ、すさまじい恐怖を感じたんだ？」

「あなたは専門家でしょう？　なぜなのかこっちが教えてほしいわ」

「オフィスで会ったとき、ぼくはきみを裸にしてみたいと思った。きみはセックス恐怖症ではなさそうだから……」ダンテの官能的なまなざしを浴びて、ローナの胸の頂がふたたびつんと立った。「そこまでおびえなければならない理由はなかったはずだ」

ローナは体の芯《しん》が熱くなるのを感じた。コーヒーのせいではない。彼女はダンテから目をそらし、からみあうふたりのイメージを頭から払いのけた。「でも、わたしをおびえさせた理由の一端があなたにあったことは確かだわ」ローナは断言した。「あのときは、室内の空気まで普通じゃなかったもの。あんな感覚を味わったのは、生まれて初めてだった。あなたが近づいてきたとき、わたしに異様な感覚を味わわせた張本人は、あなただとわかったの。危険な人だと」

ダンテはあえて否定せず、黙ってローナを見つめていた。

「あなたにふれられているような気がしたわ」ローナは声を落とした。「室内にあったキャンドルの火が狂ったように躍りはじめたときは、オフィスから逃げ出したくてたまらなかった。でも、体が言うことを聞かなかった」

「あのときぼくは、確かにきみにふれていた」ダンテが言った。「イメージの世界でね」

ローナは彼の妄想にからめとられたことを思い出して息をのんだ。「あのときは、なにかがおかしかったわ」ささやくようにローナは言った。「わたしは得体の知れないエネルギーの大波に翻弄《ほんろう》されて、自分で自分をコントロールできなかった。それから、普通とは違う寒けを感じたの。すさまじい冷気が骨までしみるようだった。そのあと、シカゴで感じたのと同じ恐怖がこみあげてきたわ。そのときあなたは、わたしがエネルギーの流れを感じやすいんだと話していた――」

「ぼくは性的なエネルギーの話をしていたんだ」ダンテが皮肉な口調で言った。「夏至が近づいて日差しが強くなると、欲望を抑えるのがむずかしくなる。オフィスにあったキャンドルの火が躍ったのは、ぼくがきみにそそられたからだ」

ローナはそのときのことを思い起こした。あざやかなグリーンの目を見たとたん、わたしはダンテに惹《ひ》かれてしまった。最初に恐怖や不安を感じたにもかかわらず、彼と目を合わせた瞬間に、強烈な欲望をかき立てられたのだ。それから、ひどい寒けに襲われた。寒けを感じなくなっても、ダンテに惹かれる気持ちは、そのまま残っていた。

「異様な冷気は、不意に消えてなくなったわ」ローナは言った。「自分を押さえつけていた冷気が消えた瞬間、わたしは椅子から転げ落ちそうになった。そのあと、あなたと話をしている最中に火災報知機が鳴りはじめたの。第一場はそれでおしまい。さらに不気味な第二場がはじまったわ」

「今日、車内でそのときと同じ感覚に襲われたのか？」

「ええ、あのときとまったく同じだった。あなたの家から離れるにつれて不安がつのって、気持ちが重く沈んでいったの。自分が頼りなく、無防備に感じられたわ。寒けに襲われたのはそのあと」

「きみは外部のマイナス・エネルギーの影響を受けたんだ。隣を走っている車にどんな人間が乗っているか、わかったものではないからな。ひょっとしたら、まっ昼間に、にぎやかな通りで顔を合わせるのも遠慮したいような人間が近くにいたのかもしれない。それにしても、きみはなぜ、ぼくのオフィスで恐怖に襲われたんだろう？　カジノが炎に包まれることを予期していたとしか思えない」

「わたしにわかるのは、数字にまつわることだけよ」ローナはそこで、ニューヨークの貿易センター・ビルに突っこんだ二機の旅客機のフライト・ナンバーを予知した話をした。彼女が前もって知ることができたのはフライト・ナンバーだけで、突入する旅客機や、炎上する高層ビルのイメージが見えたわけではなかった。「火事になる前、あなたのオフィスにいたときのわたしは普通じゃなかったわ。それはたぶん、わたしが――」

ローナが言葉を切ってダンテをにらんだ。ダンテは当惑して両眉をつりあげた。「なんだ？」

「わたし、炎に抵抗を感じるの」ダンテが黙っているので、ローナは腹立たしげに言い換えた。「火が怖いのよ、わかった?」

「誰だって、火のそばでは用心するものさ。ぼくだってそうだ」

「わかってないのね。わたしは炎が恐ろしくてたまらないのよ。燃えさかる建物に閉じこめられる悪夢を何度も見たわ」ダンテにも炎への警戒心はあるだろう。だが、彼にとって、炎は興奮剤のようなものでもあるのだ。放火魔になる素質は充分だ。火の海と化したカジノに連れていかれたとき、ローナはダンテが炎に魅せられ、興奮していることに気づいた。彼の肉体も、炎を前にして高ぶっていた。「わたしがあなたのオフィスでパニックにおちいりかけたのは、炎に対する恐怖心のせいだったんじゃないかしら。でも、そうだとすると、今日もあのときと同じ感覚に襲われた理由がわからないわ。燃えている建物のなかへまたわたしを連れこむつもりなら、正直に言って。殺してあげるから」

ダンテは愉快そうに笑いながら、テーブルの上のごみをまとめてトレイにのせた。ローナはダンテの先に立ち、マクドナルドの外に出た。「次はどこへ行くの?」

「〈インフェルノ〉だ」

ジャガーがふたたび州間高速に入ったとき、ダンテがローナを横目で見た。

「大丈夫か?」

「ええ、大丈夫。さっきはどうしてあんなふうになったのかしら」

実際、ローナはいい気分だった。わたしは今、常識では理解しがたい男性が運転するジャガーに乗っていて、彼とベッドをともにしてもいいと思いはじめている。ローナはダンテをちらっと見た。上半身裸で下着だけはいていた彼の姿を思い起こすと、期待に胸が熱くなった。

ジャガーを走らせているダンテを見るのは楽しかった。日曜の夜、火事のあとで彼の自宅に連れていかれたときは、彼のたくみなハンドルさばきに目をとめている余裕がなかった。車の運転がうまい男性は、それだけでセクシーだ。半袖《はんそで》のポロシャツからのぞいている腕の筋肉の動きは、目をみはるほど官能的だった。きっと、ふだんからトレーニングを欠かさないのだろう。

ふたりを乗せたジャガーが中央車線を走っていたとき、マフラーが壊れた車が右後方から迫ってきた。ダンテはバックミラーに目をやって、小声で悪態をつくと、左の車線へ移動した。ローナは後ろをふりかえってみた。ぽんこつのダッジが排気ガスをまき散らしながら猛スピードで近づいてくる。見たところ、車内には数名が乗っているようだった。ダンテが車線変更した理由は、青い車が白のダッジを追走しているのに気づいたせいだった。

「危ないわね。事故を起こしそう」ローナが言ったとき、青い車が中央車線に移動して、白のダッジの真横についた。その直後、青い車が右に寄り、ダッジと接触しそうになった。白のダッジのドライバーがあわててブレーキを踏みこんで、後続の車も次々に急ブレーキをかけた。青い車がエンジンをうならせて、ダンテのジャガーの横についた。車内には四、五人のヒスパニック系の若者が乗っていて、白のダッジのほうを指さして大笑いしていた。

いつものように、州間高速はかなり込んでいたが、白のダッジが猛烈なスピードで青い車を追いかけてきた。

「ストリート・ギャングだ」ダンテは早口で言い、ジャガーの速度を落として、青い車を先に行かせようとした。スピードをあげて引き離したくても、すぐ前を別の車が走っているので無理なのだ。車線変更しようにも、青い車が横にぴったりはりついていて身動きがとれない。乗っている若者たちは、白のダッジしか目に入っていないようだった。青い車がスピードをゆるめ、白いダッジが追いついてくるのを待った。

「なんてやつらだ」巻きぞえをくわないよう、ダンテがジャガーをできるだけ左に寄せたとき、白のダッジが青い車の真横についた。ローナが見守るうちに、ダッジの後部座席の窓が開き、そこから銃口が突き出された。とっさにダンテが彼女の肩に右腕を回し、上から押さえつけるようにして頭をさげさせた。次の瞬間、ジャガーの助手席の窓がこなごなに砕け散った。重く単調なうなりをあげてさらに数発、それに応《こた》えて軽く続けざまの銃声が響き、銃撃戦がはじまった。ダンテが急ハンドルを切り、横滑りしたジャガーがコンクリートの中央分離帯へと突っこんでいく。

18

　ダンテはローナのシートベルトのショルダー・ストラップをはずし、腰の部分に回されたベルトをきつくしめた。そのとき、なにかが彼女の右の側頭部をかすめて右肩に当たった。衝撃に思わずのけぞったローナは、シフトレバーを上半身で覆うような格好で、運転席と助手席のあいだに突っ伏した。タイヤがきしみ、車体がつぶれる音が響いたあと、奇妙な静寂が車内に満ちた。ローナは閉じていたまぶたを開けたが、目がかすんでよく見えなかった。彼女はもう一度まぶたを閉じた。

　交通事故に遭ったのは、初めてだった。ローナは車がぶつかったスピードと衝撃に茫然《ぼうぜん》としていた。痛みは感じない。ただ……全身が麻痺《まひ》したみたいだ。巨人にひょいとつまみあげられ、地面に思い切りたたきつけられたら、こんな感じだろうか。しびれたような感覚がなくなれば、痛みが押し寄せてくるにちがいない。ジャガーが中央分離帯にぶつかったときのショックは、すさまじいものだった。あんな目に遭いながら、よく生きていられたものだとローナは思った。

ダンテ――ダンテはどうなったの？

不安に駆られたローナは、ふたたびまぶたを開けたが、目は相変わらずかすんでいて、ダンテがどこにいるのかわからない。車内のようすも一変していた。ハンドルが消え、ダッシュボードも見当たらない……。

ローナは目をしばたたき、ようやく気づいた。わたしは後部座席のほうを向いているんだわ。目のかすみは……車内にたちこめた霧のせい？　いいえ、これは霧じゃない――煙だ。ローナはうろたえて起きあがろうとしたが、どんなにがんばっても体を起こすことができなかった。

「ローナ？」

ダンテの声はかすれていた。喉でも痛めたのか、声を出すのがつらそうだ。それでも、ダンテが無事であることはわかった。彼の声は、なぜかローナの後方の上のほうから聞こえた。

「車が燃えてるわ」ローナはかろうじて声を出し、足を蹴《け》りあげようとしたが、どういうわけか足首しか動かせなかった。とはいえ、足首が動くなら、下半身は麻痺していないはずだ。

「火は出ていない――エアバッグが作動したんだ。怪我《けが》はないか？」

車から火が出たら、ダンテが気づかないはずはない。ローナは少し安心して、ひとつ大きく息をした。「どこにも怪我はしてないみたい。あなたは？」

「大丈夫だ」

不自然な格好でうつ伏せになっているせいか、背中が痛くてたまらない。ローナは上半身をよじり、左腕を胸の下から引き抜いた。そして後部座席の床に手をついて、助手席のほうへ体を押しもどそうとした。「そのままじっとしてるんだ」ダンテが彼女の腕をつかんだ。「割れたガラスがそこらじゅうに飛び散ってるから、へたに動くと体をずたずたに切り裂かれる」

「じっとしてなんかいられないわ。このままの姿勢でいると、背中が痛くて死にそうなの」そう言いつつも、ローナは体を動かすのをやめた。割れたガラスの上で体をずらしたらどうなるか、想像しただけで怖くなったのだ。

車外で聞こえていた人声が近づいてきた。事故を見かけた車から降りてきた人々が、救助に駆けつけてくれたのだ。誰かが運転席の窓をたたいてダンテに声をかけた。「おい！　大丈夫か？」

「ああ」ダンテは相手に聞こえるように言ってから、シートベルトをはずそうとした。ところが、留め金が壊れたらしく、びくともしない。ダンテは悪態をつき、思い切り引っぱってみた。三度めに強く引っぱって、ようやくシートベルトがはずれた。自由の身になったダンテは体の向きを変え、ローナの脚に手をのばした。「きみの右足にエアバッグがからみついている」ダンテの手が、ローナの右足首をとらえた。「ぼくのほうへ膝をずらして、足を助手席の窓のほうへあげてみてくれ」

口で言うのは簡単だが、それを実行するのはむずかしかった。ほとんど身動きできないローナは、右膝をほんのちょっと動かすだけで精いっぱいだった。

外にいる男性が、運転席のドアを開けようとしたが、車体がゆらゆら揺れただけで、ドアはびくともしない。「助手席のほうを試してみてくれ」ダンテが大声で言った。

「こっちは窓が割れてしまっている」別の男性が助手席の窓から車内をのぞきこみ、緊迫した声で言った。「怪我はないか?」

「ふたりとも大丈夫だ」ダンテはそう答えたあと、身をかがめてローナの右足をゆっくりひねった。

右足にからみついていたエアバッグがゆるみ、ローナの膝がもう少し動くようになった。

「これではっきりしたわね」ちょっと膝をずらしただけで、彼女は息切れしてしまった。

「トウシューズで立つバレリーナみたいに、爪先までぴんと伸ばしてみてくれ。なにがはっきりしたんだ?」

「わたしには――痛い!――予知能力なんてないってことよ。こんな事故に遭うなんて、夢にも思わなかったもの」

「ぼくだってそうさ」ダンテがつぶやいた。「よし、はずれたぞ」ローナはようやくエアバッグの足かせから解放された。ダンテは助手席の窓からのぞいている男性に向かって言った。「すまないが、毛布かなにか探してきてくれないか？　彼女が怪我をしないように、ガラスの破片の上に敷いてから引っぱり出したいんだ」

「引っぱり出してもらわなくても、体の向きを変えることができれば、自力で這《は》い出せるわ」

「もうしばらくの辛抱だ」ダンテは彼女が少しでも楽になれるよう、うつ伏せになった体の下へ右腕を差し入れて、上半身を支えてやった。

遠くから、サイレンの音が聞こえてきた。

助手席の窓から、帽子をかぶった別の男が赤らんだ顔をのぞかせた。がっしりした体つきで、汗をびっしょりかいている。「トラックの寝台から毛布をとってきた」赤ら顔の男は上半身を車内に突っこみ、割れたガラスが飛び散った助手席を毛布で覆った。それから毛布のあまった部分を折りたたみ、ぎざぎざのガラスの破片が残っている窓枠にかぶせた。

「ありがとう」ローナはうつ伏せになっていた体をダンテに起こしてもらいながら礼を言った。不自然な姿勢をとっていたために、体の筋肉は悲鳴をあげていた。それが急に楽になったので、安堵《あんど》の声をもらしそうになった。

「今度はこっちだ」赤ら顔のトラックの運転手が車内に両腕を突っこんでローナの腋《わき》に手をかけ、助手席の窓から外へ引きずり出した。

ローナは救助に駆けつけてくれた人々に礼を言ってから、ジャガーのほうをふりかえった。ダンテがカー・レーサーのようにしなやかな身のこなしで助手席の窓から出てきた。ローナはそこで思わず絶句した。エレガントだったジャガーの車体は見るも無残に大破し、鉄のボディは引きちぎれ、横転していた。フロント部分はコンクリートの中央分離帯に正面からぶつかってつぶれ、運転席側がほぼ直角に曲がっている。ジャガーが事故を起こしてすぐ後続の車が突っこんできていたら、ダンテは生きていなかっただろう。そうならなかったのは、奇跡と言ってよかった。後方に目をやると、何台もの乗用車やトラックが玉突き衝突をして停《と》まっているのが見えた。右側の車線でも、五十メートルほど後ろで三台の車が軽い接触事故を起こしていたが、外に出て被害をチェックしているドライバーたちは怪我もなく、大丈夫そうだ。

ローナのほうは、とても大丈夫とは言えない状態だった。内臓を抜かれ、心臓に強烈なパンチをくらったようなショックを感じていた。中央分離帯に衝突する直前、ダンテが急ハンドルを切ってジャガーの向きを変えたことは、ローナの脳裏に鮮明な記憶となって残っていた。ダンテは後続車が自分のほうへ突っこんでくる危険を承知でジャガーをターンさせ、降りそそぐ銃弾の雨からローナを守ろうとしたのだ。

もう少しで、わたしはダンテを殺してしまうところだった。

恋人どうしではないのだから、ダンテがわたしのために命を危険にさらす必要はなかったはずだ。ふたりが理想的とは言いがたい出会いをしてから、まだ四十八時間もたっていない。しかもわたしはダンテを殺してやりたいと思いながら、その時間の大半を過ごしたのだ。

なのになぜ、ダンテはわたしを守ろうとしたの？　ローナはダンテにヒーローになってほしいと思ってはいなかった。むしろ、自分にとって不必要な人間でいてほしかった。彼女の望みは、なんの未練も残さずにダンテのもとを去ること。別れたあとで彼を恋しく思ったり、彼の夢を見たりするのは、いやだった。

ローナは父親の愛情を知らずに育った。自分の父親がどこの誰かも知らなかった――母親も、自分が産んだ娘の父親が誰なのか、わかってはいなかった。そんな母親が、娘のために自分を犠牲にするはずはなかった。ダンテにとって、わたしは……縁もゆかりもない女だ。なのになぜ、命がけでわたしを守ってくれたの？　ダンテは自己犠牲の精神を発揮して、ローナの心に決して消えない足跡を残した。彼女はそんなダンテが憎いと思った。

わたしはこれからどうすればいいの？

ローナはあたりを見回して、ダンテの姿を捜した。彼はローナから一メートルほど離れたところに立っていた。ダンテがもっと遠くへ行っていたら、ローナはいやでもあとをついていっただろう。彼はいまだに彼女をマインド・コントロールから解放してくれないのだ。それでいて、自分の命を危険にさらして彼女を守ってくれたなんて、矛盾している。

ふだんは後ろへ撫《な》でつけている長めの黒髪が、ダンテの顔にかかっている。左目の下にできた小さな傷から、ひとすじの血が頬に伝い落ちていた。傷のまわりは腫《は》れていて、鬱《うっ》血《けつ》しはじめている。左腕も打撲したらしく、左の手首から肘までの部分が赤黒くなっていた。にもかかわらず、ダンテは負傷した腕をかばう様子も見せず、頬の傷を押さえてもいなかった。その程度の怪我は、なんでもないと思っているのだろう。

ダンテはこの状況を完全に把握して、冷静に対処しているようだ。

ローナの胸に激しい怒りがこみあげてきた。ダンテがしたことは、ルールに反している──彼は今までもルール違反ばかりしてきた。

彼女のそんな思いを感じとったのか、ダンテがはじかれたようにふりかえった。ローナの顔をじっと見つめてから、つかつかと彼女のもとへ歩み寄り、その腕をとった。「顔が真っ青だ。立っていないで腰をおろしたほうがいい」

「大丈夫」ローナは無意識にそう答えていた。不意に吹きつけてきた風が、彼女の髪を乱した。顔にかかった髪を片手で払いのけたとき、リノ市警のパトカーが二台、対向車線を走って近づいてきた。サイレンの音がうるさくて、ローナは大声をはりあげなければならなかった。「どこも怪我をしてないわ」

「怪我をしていなくても、ショックは受けたはずだ」ダンテも大声で言葉を返してから、対向車線のほうに目をやった。ほどなく、パトカーが中央分離帯の向こうに停止して、けたたましいサイレンはやんだが、ほかの緊急車両が近づいてきたために、事故現場はまた騒々しくなった。

「なんともないって言ってるじゃない！」ローナはかたくなに言いはった。それは嘘《うそ》ではなかった――精神的なショックを受けたかどうかは別にして、目に見える怪我をしたわけではない。

ダンテが彼女の腕をつかみ、中央分離帯のほうへ歩きはじめた。「さあ、こっちへ来て座るんだ。そうしてくれないと安心できない」

「怪我をして血を流しているのは、わたしじゃないわ。あなたのほうよ」ローナはダンテに言った。

ダンテが左頬に手をふれた。そのときまで、頬の傷のことを忘れていたようだ。ひょっとしたら、ローナに言われて初めて、頬に傷を負ったことに気づいたのかもしれない。

「じゃあ、ぼくと一緒に座っていてくれ」

ダンテはそう言ったが、実際には、ふたりで腰をおろして休んでいる暇はなかった。現場に到着した警官たちは、事故が発生したときの状況を確認し、現場の混乱を収拾した。おかげで、滞っていた車の流れが、ゆっくりと動きはじめた。事故に巻きこまれて負傷した人々は、ひとり残らず病院へ搬送された。そのころ、事故現場には七台のパトカーが集結していた。さらに、消防車が一台と、救急車が三台やってきた。事故に遭った車のうち、なんとか動かせるものは、警察の指示に従って路肩に寄せられた。

さいわい、事故の目撃者は何人かいたが、事故が起こった理由を特定することはできなかった。運転中のいらいらが高じて撃ち合いになったのだろうと言う者もいれば、ふたつの対立するストリート・ギャングがハイウェイで銃撃戦をくりひろげたにちがいないと主張する者もいた。微妙に異なる目撃証言のなかで、ひとつだけ共通している点があった。それは、白のダッジに乗っていた者たちが最初に発砲し、青い車に乗っていた者たちが撃ち返したという点だった。

「事故のきっかけを作った二台の車のナンバーを覚えている人はいませんか？」制服警官がきいた。

ダンテがローナに視線を投げた。「覚えてる？」

ローナが白のダッジを脳裏に思い浮かべると、三つの数字がひらめいた。「ダッジのナンバーは873だったわ」ネヴァダ州で使用されているナンバー・プレートには、三けたの数字と三つのアルファベットがしるされている。

「アルファベットは？」制服警官がペンをかまえて言った。

ローナはかぶりをふった。「残念だけど、数字しか思い出せないの」

「数字がわかっただけでも、捜査範囲をしぼれます。青い車のほうはどうです？」

「たしか……612だったと思う」

制服警官はローナの証言を手帳に書きとめ、パトカーの無線で本部に報告した。

そのとき、ダンテの携帯電話が鳴った。彼はジーンズのポケットから携帯電話をとり出して、着信番号を確認した。「ギデオンからだ」ダンテはローナにそう言ってから電話に出た。「どうした?」しばらくの沈黙のあと、ダンテが言った。「みごとにしてやられたな」また少し間があった。「覚えておくよ」

一分たらずのやりとりのあいだに、ローナはダンテが〝未来をかいま見た〟と言うのを聞いて、どういうことだろうと思った。ダンテが弟になにか言われて笑ったとき、ローナは凍った池に突き落とされたような寒けを感じ、自分で自分を抱きしめた。骨までしみるような冷気がふたたび彼女を襲ったのだ。

ダンテの視線が鋭くなった。彼は弟との会話をそこで打ち切り、携帯電話をポケットにもどした。

「どうかしたのか?」ダンテは低い声で言いながら、ローナを道路の端のほうへ連れていった。

ローナはすさまじい冷気がもたらしためまいに耐えながら言った。「わたしたち、凶悪な連続殺人鬼につけ狙《ねら》われているみたい」

19

ダンテがローナの体に腕を回して、自分のほうへ引き寄せた。彼の体は、いつも熱くほてっている。そのぬくもりが、彼女の冷えきった肌を温めてくれるようだった。

「意識を集中して」ダンテがローナにだけ聞こえるように顔を寄せて言った。「クリスタルをイメージして、心のガードを固めるんだ」

「イメージ・トレーニングはもうたくさん」ローナはいらだたしげに言った。「あなたに会うまで、こんな感覚に襲われたことは一度もなかったわ。こんなこと、もう終わりにしたいの」

ダンテはローナの髪に頬をすり寄せ、口元をほころばせた。「ぼくがなんとかするよ。心のガードを固めるのがいやなら、きみを苦しめている原因を突き止める努力をしてごらん。目を閉じて、思念で周囲に探りを入れるんだ。どこかに異常なエネルギーを感じたら教えてくれ」

イメージの世界で、ミラーボールのようなクリスタルを守る囲いを作るより、得体の知れない冷気の出所を突き止めるほうが実践的だ。ローナとしては、不意に襲ってくる寒けに対処する方法を覚えるのではなく、異様な寒けをまったく感じないようになりたかった。ローナはダンテの胸に身を預け、両目を閉じて、周囲に思念の網を広げはじめた。なにを〝探して〟いるのか、自分でもよくわからなかったが、なにもしないでいるよりましだった。

「これで冷気の出所が本当にわかるの？」ローナはダンテの肩に頭をもたせかけた。「あなたはただ、わたしの気をまぎらそうとしているだけじゃないの？」

「努力すれば、冷気の出所はわかるはずだ。強弱の差はあるものの、人は誰でも体からエネルギーを発散している。感受性の鋭い者は、それを敏感に察知できるんだ。きみなら、強烈なエネルギーの発生源を感知できるはずだ。風が吹いてくる方角を肌で感じるのと同じことさ」

そう言われて初めて、ローナは納得できた。とはいえ、本当に感受性が強ければ、つねに異常を感じるはずだ。だが、ローナはシカゴでたった一度、異様な感覚に襲われただけだった。

人が発散するエネルギーには、強弱の差があるとダンテは言った。今まで平穏な生活を送ってこられたのは、わたしの周辺にごく普通の人々しかいなかったからかもしれない。とすると、あのすさまじい冷気は、異常に強いエネルギーを発散している人物が近くにいることを意味しているにちがいない。

ダンテの体からも、人並みはずれたエネルギーが発散されていた。ローナは周囲のエネルギー・パターンを探るうえで、ダンテをひとつの基準として考えることにした。彼のたくましい胸に抱かれていると、静電気にも似たそのエネルギーを全身で感じることができた。それは、心地よいという言葉で表現するには強烈すぎる感覚だった。といっても、不快なものではなく、針の先ほどの大きさの無数の炎で体の芯《しん》をあぶられるような、官能的な刺激に満ちた感覚だった。

ローナはその感覚を意識の最先端に置き、エネルギーの流れがほかより強い場所を探し求めて、思念の網を少しずつ広げていった。鱒《ます》を捕るために網を仕掛けるのと同じ理屈ね、と思った。

はじめのうち、周辺のエネルギー・パターンにこれといった異常は感じられなかった。ダンテとローナのまわりには、警官や消防士、救急隊員など、事故の処理のために現場に駆けつけた大勢の人々がいた。彼らが発散しているエネルギーは温かく、思いやりと心遣いに満ちている。彼らは完全無欠とは言えないまでも、根は善良な人々なのだ。

思念の網をさらに大きく広げると、エネルギー・パターンがやや変化した。事故現場の周辺には、好奇心に駆られた物見高い人々が群れている。彼らは救助活動に参加するためではなく、この事故を話題にするために集まってきたのだ。ハイウェイで大事故に巻きこまれ、何時間も立ち往生させられたことを、友人や知人に自慢げに語って聞かせるのが彼らの目的だ……。

いたわ！

なにかが思念の網に引っかかり、ローナははっとした。

「どこだ？」ダンテがローナの体に回した腕に力をこめ、髪に唇を寄せてささやいた。周辺にいる人々の目には、事故でショックを受けたローナをダンテが慰めているように映っただろう。でなければ、ふたりがしっかり抱き合って、お互いの無事を確かめ合っているように見えたにちがいない。

目を閉じたまま、ローナはダンテの問いに答えた。「左のほう。ここからの距離は……はっきりとは言えないけど……百メートルぐらいありそう。その男はたぶん、路肩に停《と》めた車のそばにいるんじゃないかしら」

「男？」

「そう、男」ローナは断言した。

「〝アミーゴたち〟はしくじった」ダンテの車を尾行していたアンサラ一族のメンバーは、目に当てていた双眼鏡をおろし、もう一方の手に持った携帯電話に意識を集中した。「ジャガーは大破したが、乗っていたふたりは無事だった」

ルーベンは声にならない悪態をついた。〝他人まかせにしていては、たいした成果はあげられない〟という諺《ことわざ》どおりの結末になってしまった。

「尾行は一時中断だ」ルーベンは言った。「別のやり方を検討してみたい」

彼らが立てた作戦は、あまりにも手がこんでいた。作戦というものは、複雑であればあるほど失敗しやすくなる。単純な作戦を少人数で実行に移せば、ミスを犯したり、ターゲットに警戒心を抱かせたりする確率は低くなるはずだった。

ダンテ・レイントリーを事故死に見せかけて殺すのは、あきらめたほうがいいだろう。ルーベンは最も簡単な方法でダンテを始末しようと思った。与えられた時間ぎりぎりまで待って、ダンテの頭に銃弾を一発撃ちこんでやる。

何事も、簡単なのが一番だ。


「どの男がきみの網に引っかかったかわかったよ」ダンテが言った。「だが、あそこまで距離がありすぎるな。ここから見るかぎり、やつに不審な動きはない。ほかの人々と同じように、車の外に出て事故現場のほうを眺めているだけだ」

「あの男は、わたしたちを監視しているのよ」ローナは言った。

「問題の人物のエネルギー・パターンは？」

「大量のエネルギーを波状に発散してるわ。彼のエネルギーは、あのあたりにいる誰よりも強烈よ。でも、あなたには遠くおよばない」ローナは上を向いて目を開けた。「ここで異常なエネルギーを発散しているのは、あの男しかいない。ひょっとして、わたしの思い過ごしかもしれないけれど」

「思い過ごしなんかじゃないさ。きみはもっと、自分を信じることを学ばないといけないな。おそらく、あの男は――」

「ミスター・レイントリー」ひとりの警官がダンテをさし招いた。

ダンテはローナの唇に軽くキスしてから、その体に回していた手を離し、警官のほうへ歩いていった。ローナはしぶしぶダンテのあとをついていったが、自分がマインド・コントロールから解放されていることに気づくとすぐ足を止めた。

事故現場の混乱は、しだいにおさまってきた。目撃者の事情聴取が終わり、交通渋滞も解消されつつあった。ドライバーたちは、路上に転がっている車の残骸《ざんがい》や緊急車両をじょうずによけて通っていく。レッカー車が二台やってきて、玉突き衝突をしてラジエーターが壊れた車と、大破したダンテのジャガーを移動させた。ジャガーを持っていかれる前に、ダンテはグローブ・ボックスを開け、車の登録証と保険のカード、自宅のガレージのリモコンをとり出した。見るも無残に変形した車のなかから、必要なものを見つけ出すのは、なまやさしいことではなかった。

事故でジャガーを失ったにもかかわらず、ダンテは平然としていた。移動手段がなくなったことを不便に思いはしても、高級車をつぶされたショックは感じていないようだ。ダンテはすでに、レンタカーを回すよう〈インフェルノ〉のほうに手配していた。まもなく〈インフェルノ〉の従業員が事故現場まで迎えに来てくれるはずだ。お金がある人は楽でいいわね、とローナは思った。

お金のことを考えたために、ついズボンの左ポケットに手がいってしまった。彼女の所持金は、ちゃんとそこにあった。運転免許証は、裁縫セットのなかにあった小さなはさみと一緒に右ポケットに入っている。本物の危険に直面したとき、小さなはさみがなんの役に立つのかわからなかったが、なんとなく持ってきてしまった。

ローナの気分は、いつのまにかよくなっていた。さっきまで彼女を苦しめていた異様な冷気が去ったのだ。ダンテと自分を監視していた男がいたほうをふりかえってみると、男は車もろとも消えていた。だから気分がよくなったのだろうか。それとも、冷気を感じなくなったときに男が姿を消したのは、ただの偶然?

カジノで火災が発生する直前と、ストリート・ギャングの銃撃戦に巻きこまれる直前に異様な冷気を感じたのは、不思議と言えば不思議なことだった。わたしは特定の人物に反応していたのではなく、やがて起こる惨事を予感していたのかもしれない。きっと、不吉な予感が冷気となって押し寄せてきたのだろう。ダンテに大嫌いなマフィンを食べさせられる前に寒けを覚えたのも、それで説明がつきそうだ。

ローナは自分に予知能力らしきものがあるという事実を受け入れはじめていた。自分はただ、数字に強いだけではないことは、彼女にも薄々わかっていた。とはいえ、それ以外の能力があるかどうか知りたいとは思わなかった。危険を察知する能力も、役に立つようで立たないものだった。不吉な予感に襲われても、具体的にどんな危険が迫っているのかわからなければ対処のしようがない。

「迎えが来たようだ」ダンテがやってきて、ローナのウエストに片手を置いた。「ぼくと一緒に〈インフェルノ〉へ行く？　それとも、うちへ帰りたい？」

うちへ帰る？　ダンテが言う〝うち〟というのは、自分の家のことじゃないの？　ローナはダンテのあやまりを指摘してやろう思って顔をあげたが、頭に浮かんだ台詞《せりふ》を口に出すことはできなかった。ダンテに燃えるようなまなざしをそそがれて、なにも言えなくなってしまったのだ。彼はうっかり言い間違えたのではない。ローナにある種の警告を与えたのだ。

「ふたりが行き着く先は、きみにもわかっているはずだ」ダンテが言った。「ぼくは〈インフェルノ〉に専用のスイートを持っている。昨日から送電が再開されたから、不便は感じないはずだ。行き先がホテルであろうと、うちであろうと、ぼくはきみを抱くつもりだ。違いがあるとすれば、時間的な余裕があるかないかだ。時間稼ぎがしたいなら、うちへ帰るんだな」

ローナが必要としているのは時間だけではなかったが、州間高速道路はダンテとの対決にふさわしい場所ではなかった。

「わたしはまだ、あなたに体を許すと決めたわけじゃないし、あなたが立てたスケジュールに従うつもりもないわ。決めるのは、わたし自身よ」ローナは言った。「今日はあなたと一緒に〈インフェルノ〉へ行くわ。もう一日だってあの家にこもっているのはいやなの。だから、妙な勘違いをして、いい気にならないでね」

ダンテの鋭いまなざしがやわらいだ。彼は皮肉っぽい目で自分の下半身を見つめながら言った。「もう、すっかりその気になっているよ」

20

ダンテの専用スイートでじっとしているのは、ローナにとって苦痛でしかなかった。ダンテはホテルじゅうを飛びまわり、火災で被害を受けた部分の修理や清掃作業の指揮をしたり、保険会社の損害査定人を案内して歩いたり、建築業者に会って話をしたりしていた。ローナは部屋で待っているのがいやで、彼のあとを黙ってついて歩いたが、高級ホテルの舞台裏を見たようで、けっこうおもしろかった。

早期の営業再開をめざしているホテルでは、誰もが精力的に働いていた。ダンテは保険金がおりるのを待たず、査定人が現場の写真を撮り終わるとすぐ、自己資金をつぎこんでホテルの修理にとりかかった。

それができるのは大金持ちだからだが、ダンテのライフスタイルは、その飾りけのない人柄を象徴するものだった。彼は大勢の使用人にかしずかれて暮らしているわけではない。自宅は広々していて、造りも立派だったが、豪邸と呼ぶには、ほど遠いものだった。何台か所有している高級車の運転も、他人まかせにしてはいない。朝食も自分で作り、あとかたづけも自分でしていた。高級品は好きなようだが、その暮らしぶりは、あまり贅沢《ぜいたく》とは言えなかった。

それでも、ホテルのこととなると、妥協はいっさいしなかった。トイレット・ペーパーからベッドのシーツにいたるまで、客室で使用するものはすべて最高級品でなければならない、とダンテは考えていた。煙の被害を受けたあと、できるだけきれいに掃除して、〝使用可能〟と判断された客室も、火災の前よりよい状態にしなければ気がすまないようだ。煙のにおいがしみついてとれないカーテンや絨毯《じゅうたん》は、残らず廃棄処分にされた。

昨日は、火災当日に宿泊していた人々が荷物をとりに来たため、ホテルのなかは大騒ぎだったらしい。隣接しているカジノが焼失したこともあり、宿泊客はホテルのスタッフのつきそいなしで客室に入ることを許されなかった。好奇心をそそられた宿泊客が、荷物をとりに行くついでに立ち入り禁止区域に足を踏み入れては困るからだ。

カジノの存在理由は、その集金力の高さにあった。ダンテから聞いた話では、一日に六百万ドル以上の現金が動かなければ、カジノは赤字になってしまうという。とすると、膨大な利益を生むカジノでは、毎日とほうもない額の現金の出入りがあるにちがいない。

焼け焦げたスロット・マシンのなかには、今でも何千ドルものコインが残っているはずだった。そのため、火災現場には昼夜を問わず厳重な警備態勢が敷かれている。焼けたスロット・マシンを一台残らず現場から運び出し、なかにたまったコインをとり出すまで、警備は続けられるはずだった。カジノの金庫は耐火構造だったので、莫大《ばくだい》な額の紙幣とコインが焼失せずに残った。

カジノで会計を担当していた従業員も、それぞれのブースにあった現金を持って避難していた。火事で命を落とした二名の従業員は、現金をかき集めるのに手間どって逃げ遅れた会計係だった。

ダンテは火災現場の調査を終えて帰ろうとしていた消防署長をつかまえて、単刀直入にきいた。「放火だったんですか?」

「現場に残された証拠から判断して、出火原因は漏電でしょう。出火地点にガソリンなどの可燃性の物質がまかれた痕跡《こんせき》はありませんでした。炎の温度が異常に高かったため、当初は放火ではないかと疑ったのですがね」

「ぼくも最初は放火ではないかと思いました――日曜の夜、カジノから火が出た直後に刑事がふたりやってきて、現場で事情聴取をされたとき、これはおかしいと思ったんです。あのときはまだ、出火原因が特定される前でしたから、犯罪性があると判断することはできなかったはずです」

消防署長が鼻をこすった。「ご存じなかったんですか? 実は、火災発生とほぼ同じ時刻に、妙な男が電話をかけてきて、カジノに火を放ったのは自分だと言ったんです。捜査の結果、その男は出火当時レストランにいたことがわかりました。食事中に火災報知機が鳴るのを聞いて、酔った勢いで、いたずら電話をかけるつもりになったようです」消防署長がかぶりをふった。「世の中には、おかしな連中がいるものです」

ダンテとローナは情けなさそうな視線を交わした。「なにがどうなっているのかわからなくて、気になっていたんです。これはなにかの陰謀ではないか、と疑ってみたりもしました」ダンテが言った。

「火災現場では、常識では理解しがたいことが起こりますからね。あなたがたが炎のなかから生還したこともそうです。防具をつけていなかったのに、無傷で救出されたのは、驚くべきことです」

「あのときは煙がどっと押し寄せてきて、肺がつぶれそうなほど咳《せき》が出ました」ダンテが言った。

「しかし、おふたりの気管はきれいなものだったそうじゃないですか。もっと少量の煙にやられて亡くなる人もいるのに」

消防署長がハイウェイでの事故を目撃していたら、傷ひとつ負わずに自分の足で歩いているふたりを見てさぞ不思議に思ったことだろう。

いいえ、傷ひとつ負わなかったというのは間違いだわ。ローナは眉をひそめ、ダンテの顔をまじまじと眺めた。彼の頬には小さな傷があったはずだ。エアバッグがふくらんだ衝撃でできた裂傷だ。頬にできた傷のまわりの皮膚は、腫《は》れて青黒くなっていた。彼は左腕にも打撲傷を負ったはずだ。

あの事故から数時間しかたっていないのに、ダンテの頬にあった傷は消えてなくなっていた。腫れて青黒くなっていた皮膚も、すっかりきれいになっている。

ダンテはあのとき、確かに怪我《けが》を負ったはずだった。ローナは彼のポロシャツについた血をはっきりと目にしていた。〈インフェルノ〉に着いてから、ダンテは専用スイートで白のドレス・シャツに着替えたが、巻きあげられたシャツの袖《そで》からのぞいている左腕は無傷だった。

ローナの体にも、痣《あざ》ひとつ残っていなかった。あれだけひどい事故に遭ったのだから、全身の筋肉がこわばっていて当然なのに、なんともないなんてどういうこと？

「刑事に話を聞く必要はなくなったな」消防署長が帰ったあと、ダンテが被害状況を確認しながら言った。「世間には、愚かな人間がいるものだ」

「そうね」ローナはあとかたもなく消えた傷について考えながら、うわの空で答えた。ダンテの感情をそこねずに、〝あなたは本当に人間なの？〟と尋ねる方法はないだろうか？

わたしは人間なのに、どうして痣ひとつ残ってないの？　わたしが怪我をしないですんだのもダンテのおかげ？

「あなたの顔にあった傷のことだけれど」ローナは我慢できずに疑問を口にした。「なぜ消えてしまったの？」

「治りが早いからさ」

「見えすいた嘘《うそ》をつかないで」ローナはむっとして言った。「数時間前まで、あなたの頬には傷があったわ。あの傷はどこへいったの？」

ダンテは彼女の顔をちらっと見て言った。「話の続きは、ぼくのスイートでしよう。きみにまだ話してないことがあるんだ」

「かんべんしてよ」ローナはつぶやいた。ふたりはホテルの事務所を通り抜け、ダンテのスイートに直行する専用エレベーターに乗りこんだ。彼のオフィスも同じフロアにあったが、ホテルの反対側にあるため、かなりスイートから離れていた。カジノの警備主任に連れられて十九階のオフィスへ行ったとき、ローナが乗ったのは一般用のエレベーターだった。火災発生直後にオフィスを出たあと、廊下で誰にもでくわさなかったのは、十九階がダンテ専用のフロアだったからだ。

広さが三百平方メートル近くあるスイートは、高級ホテルらしい造りではあるものの、生活感はまったくなかった。このスイートに泊まるのは、カジノでごたごたがあって、帰りが遅くなったときだけだ、とダンテは言っていた。どの部屋もゆったりしていて、居心地がよさそうだったが、ここには緊急時のための着替えしか置いていないようだ。

なんだか変だ、とローナは思った。知り合ってまもないのに、ダンテがどんな色を好み、どういった家具や美術品を選ぶのか、彼女にはよくわかっていた。このスイートの内装を手がけたのは、一般の住宅を扱ったことのない、ホテル専門のインテリア・デザイナーだろう。

ダンテはステップを二段下りてリビングへ行くと、すぐ窓辺に歩み寄った。彼のお気に入りの場所は、窓のそばらしい。ダンテはガラスが好きだったが、外で過ごすのは、もっと好きなようだ。専用スイートに日当たりのいいバルコニーがあるのも、そのせいだろう。スイートのバルコニーには、屋外で食事を楽しむためのテーブルと椅子を置けるだけの広さがあった。

「ここまで来れば、もういいでしょう？」ローナは言った。「たった数時間で痣や傷が消えてなくなったわけを教えて。そのついでに、わたしの体に痣がひとつもない理由も説明してほしいわ。あれだけの大事故に遭ったのに、わたしは筋肉痛さえ感じないのよ！」

「その理由を説明するのは簡単だ」ダンテが紐《ひも》のついた銀のお守りをおもむろにポケットからとり出して、てのひらにのせた。「ジャガーのグローブ・ボックスに、これが入っていたんだ」

その小さなお守りは、翼を広げて飛ぶ鷲《わし》らしき鳥をかたどったものだった。ローナは困惑してかぶりをふった。「理解できないわ」

「これは護身用のお守りだ。以前、ぼくがギデオンのためにこういうものを作って渡しているという話をしただろう？　そのお返しに、ギデオンは子孫繁栄のお守りを送って

――」

ローナははじかれたように身を引いて、両手の人差し指を十字架のように重ねて突き出した。「そんなもの、近づけないで！」

ダンテがくすくす笑った。「これは子孫繁栄のお守りじゃない。危険を防ぐためのお守りだ」

「首にかけるコンドームみたいなもの？」

「妊娠を防げるわけじゃない。このタイプのお守りは、肉体に害がおよぶのを防いでくれるんだ――怪我をしても軽くてすむ」

「そのお守りのおかげで、大怪我をしないですんだってこと？」

「そうだ。ギデオンは刑事だから、これと同じものを肌身離さず持っている。これは先週の土曜に郵便で届いたばかりだ。どうして子孫繁栄のお守りのかわりに、これを送ってよこしたのかはわからない。子孫繁栄のお守りを護身用に見せかけて、ぼくに持たせようとたくらんだわけでもなさそうだ。夏至が近づくと、ギデオンの力も増幅されるから、このお守りにも、いつになく強力なエネルギーがそそぎこまれたんだろう」ダンテが感心したような口ぶりで言った。「ぼくはこれを身につけていたわけじゃない。ジャガーのグローブ・ボックスにほうりこんで、今日まで忘れていたんだ。普通、こういったお守りの効果は、特定の相手にしかおよばない。だが、今日の事故で、ふたりとも大怪我をしないですんだのは……これのおかげだとしか思えない」

なかなか興味深い説明だった。ローナは〝いつになく強力なエネルギーがそそぎこまれた〟というダンテの言いまわしも気に入った。「このお守りには、傷を早く治す力もあるの？」

ダンテがかぶりをふって、お守りをポケットにもどした。「いいや。治癒能力が高いのは、レイントリー一族に生まれたからだ。ぼくは本当に傷の治りが早いんだ。今日、頬に負った傷程度のものなら——あっというまに治ってしまう。もっと深い傷になると、治るまでに一晩はかかるだろう」

「そんなのずるいわ」ローナは渋い顔をした。「それ以外に、あなたたちはどんな特権を持って生まれてくるの？」

「レイントリー一族は、普通の人間より寿命が長い。といっても、生きられるのは、せいぜい九十か百ぐらいまでだ。健康にも恵まれている。その証拠に、ぼくはこの年になるまで、ただの一度も風邪を引いたことがないんだ。ぼくたちはウイルスに感染しない。バクテリアにやられることはあるが、ウイルスには耐性があるんだ」

生まれてこのかた、ただの一度も風邪を引いたことがないというダンテの告白に、ローナは羨望《せんぼう》を抱いた。「ウイルスに耐性があるということは、エイズにかかるおそれもないのね」

「そのとおり。レイントリー一族は、普通の人間より体温も高めなんだ。ちなみにぼくのふだんの体温は三十八度ぐらいだ。よほど気温が下がらないかぎり、不快を覚えることはない」

「不公平な話ね」ローナは文句を言った。「わたしだって、風邪やエイズにかからないようになりたいわ」

「ぼくたちは、はしかにもかからない」ダンテがささやいた。「水疱瘡《みずぼうそう》やヘルペスとも無縁だ」彼の瞳は愉快そうに躍っていた。「鼻づまりから解放されるために、きみが本気でレイントリー一族に加わりたいと思うなら、道はある」

「どうすればいいの？　新月の夜に鶏を土に埋めて、切り株のまわりを後ろ向きに七周するとか？」

ダンテはローナが実際にそうしているところを想像してしまった。「きみは摩訶《まか》不思議な想像力を持っているんだな」

「ねえ、教えてよ！　どうすればレイントリー一族に加われるの？　特別な儀式でもあるの？」

「昔ながらの儀式をすませなければ、一族に加わることはできない。どんな儀式か、きみも聞いたことがあるんじゃないかな」

「わたしが知っているのは、鶏を土に埋める儀式だけよ。一族に加わるには、どうすればいいの？　もったいぶらないで教えて」

ダンテが熱のこもった笑みを浮かべた。「ぼくの子供を産むのさ」

21

ローナは真っ青になったあと、真っ赤になって、また真っ青になった。「悪い冗談ね」抑えた口調で言いながら立ちあがり、室内をうろうろしはじめたローナは、歩きながら手にとったクッションを軽くたたき、ソファにもどすかわりに胸に抱きしめてうつむいた。

「冗談を言ったわけじゃない。事実を口にしたんだ」

「でも……間違っているわ。レイントリー一族に加わるための手段として子供を産むなんて。お互いが望んでもいない子供を作るのは、絶対に許されないことよ」

「同感だな」ダンテはそうつぶやくと、お気に入りの窓辺を離れ、ゆったりした足取りで、さりげなくローナに歩み寄った。

「子供の問題は、軽々しく口にしていいことじゃないのよ」〝ぼくの子供を産むのさ〟と真顔で言ってのけるなんて卑怯《ひきょう》だわ、とローナは思った。二日前に知り合ったばかりのわたしに、本気で自分の子供を産んでほしいと思ったわけではないはずだ。〝ぼくの子供を産んでくれ〟というのは、男が女を口説くときに使う決まり文句のひとつだった。子供のことを口にすれば、女は簡単に落とせると思っているのだ。

「ぼくは軽い気持ちで、あんなことを言ったわけじゃない。誓ってもいい」ダンテが優しい声で言いながらローナの肩にふれた。彼の手が肩から背中のほうへ移動すると、着ている服を通して、彼のてのひらの熱さが伝わってきた。ダンテは彼女の背骨を指先で上から下へそっとなぞるようにして、彼女の緊張をほぐそうとした。

そうされて初めて、ローナは自分が体をこわばらせていたことに気づいた。ダンテに背中を優しく撫《な》でられていると、体がバターのようにとろけてしまいそうだ。ローナは彼の胸に身を預け、がっちりした肩に頭をもたせかけた。こうしていると、いい気持ちだ。でも……。ローナは顔をあげ、非難するような目でダンテを見た。「もう片方の手がだんだんお尻に近づいてきていることに、わたしが気づかないと思ったら大間違いよ」

「気づいてくれないとつまらない」ダンテがほほえみ、ローナの唇とこめかみにキスをした。

「それ以上、手を下にさげたら許さないから」ローナは警告した。

「本気かい？」ダンテは彼女のまろやかなヒップを熱いてのひらで優しくマッサージしながら、一本の指でジーンズの中央の縫い目を上から下へなぞっていった。彼の指が通ったあとが熱く燃えるようで、ローナはおののきつつ身もだえした。〝やめて〟と言えば、ダンテはすぐに手を止めるだろう。このまま続けるかどうかを決めるのはローナだった――

だが選択権が自分にあると思うと、〝やめて〟という一言がなかなか口に出せなかった。ローナはうずくような期待とともに、あえぎながら身をそらし、ダンテの体にしがみついて——ただひたすら待っていた。意識は、ダンテの指のゆるやかな動きに集中していた。やがて、彼の手がローナの脚のあいだに後ろからゆっくりと滑りこんだ。ダンテはそこで少し力をこめて、彼女の秘めやかな部分をジーンズ越しに指でさすった。ジーンズの縫い目をこする指の動きが、ローナの柔らかな肌に微妙な刺激を与えた。

二日前、自宅のキッチンで初めて唇を重ねてから、ダンテは少しずつ彼女の欲望をかき立てていった。ローナの心にともされた欲望の小さな炎は、さりげないふれ合いと、彼のあからさまな欲望によって、このときまで消えずに燃えつづけていた。ローナはダンテの意図に気づいていたが、その自制心の強さに感心してもいた。昨夜、彼女のベッドで眠ったにもかかわらず、その体に指一本ふれなかったのは賢明なことだった。初めて会ったときから、ダンテはローナの行動を束縛してきたが、自分の要求に無理に応《こた》えさせようとしたことは、ただの一度もない。もし無理じいされていたら、ローナは彼を拒絶しただろう。ダンテが苦労してかき立てた欲望の炎も、そこで完全に消えたはずだった。

ダンテはローナの顎を熱い唇でなぞりながら軽く歯を立て、その肌の味を堪能《たんのう》した。まるで、それ以上のことはなにも望んでいないかのようだ。だが、隠しきれない欲望が、ジーンズの下の高まりとなってあらわれていた。彼と体を密着させているローナは、彼の欲望の脈動をひしひしと感じた。それはまるで、彼女とひとつになることを望んでいるようだった。

ふたりの唇が重なったとき、ダンテをかろうじてつなぎ止めていた自制心の糸が切れた。彼はローナにむさぼるようなキスをしながら、口のなかへ舌を滑りこませた。燃えるような欲望が広がって、ローナの熱くほてった体から力が抜けた。ダンテは片手で彼女の胸のふくらみをとらえると、服の上からその頂をそっとつねった。ローナはもう抵抗しなかった。彼の愛撫《あいぶ》を拒むつもりもない。そうなると、着ている服が邪魔に感じられるようになった。ローナはダンテのすべてがほしいと思うと同時に、はっきりと悟った。今ここで、言うべきことを言わなければ、手遅れになってしまう。

恍惚《こうこつ》としていたローナは、意志の力を総動員して、ダンテと重ねていた唇を引きはがした。「わたしたち、きちんと話し合わなくちゃ」かすれる声をふりしぼって言った。

ダンテがうめくような声をもらしながら苦笑した。「まいったな」そうつぶやいた声には不満げな響きがあった。「その台詞《せりふ》を聞くと、男はみんな、不安でたまらなくなるんだ。話し合うのは、今じゃなきゃだめなのか？」

「だめよ――今ここで、ふたりがしていることについて話し合いたいの」

ダンテがため息をつき、ローナと額を合わせた。「こんなときに話し合いたいと言い出すなんて、きみは残酷だな」

ローナはシルクのような黒髪に指をうずめた。彼の髪はひんやりしていたが、頭皮は熱くほてっている。「あなたが悪いのよ。もう少しで、だいじな話をし忘れるところだった」いつものように舌が回らないのは、明らかにダンテのせいだった。

「わかった、話を聞くよ」ダンテは観念したような声で言った。いいムードになったところでおあずけをくって、がっかりしたにちがいない。すべてを圧倒するような欲望を感じていなければ、ローナは声をたてて笑っていただろう。

彼女はごくりと唾《つば》をのみこんで、口にするべき言葉を頭のなかで整理した。「わたしが……あなたに体を許すかどうかは……あなたの返答しだいよ」

「だったら、イエスと言ってくれ」ダンテがローナの耳たぶに軽く歯を立てた。

「そう言わせたいなら、二度とわたしをマインド・コントロールしないと約束して。わたしを囚人にするか、恋人にするか、決めるのはあなたよ」

ダンテが顔をあげ、冷ややかな目で彼女を見た。「ぼくは今、きみをマインド・コントロールしてはいない。きみに無理じいするつもりはないんだ」怒りをおびた声だった。

「わかっているわ」ローナはおののくような息をした。「マインド・コントロールされているかどうか、わからないわけじゃないの。本当よ。わたしはただ……選択の自由を奪われたくないだけ。マリオネットのように操られるのは、絶対にいやなのよ」

「必要に迫られてしたことだ」

「最初はね。でも、あなたに行動を束縛されて、ものすごく不愉快だったのよ。今も嫌悪しか感じない。最初は、ちゃんとした理由があって、わたしをマインド・コントロールしたんだと思う。でも、今は違うわ。あなたは相手の意志を尊重することに慣れてないのよ。レイントリー一族の長だから」

「マインド・コントロールをしなければ、きみは逃げ出していただろう」

「逃げるかどうか、決めるのはわたしよ」ローナはここで妥協するつもりはなかった。大自然の力を操るダンテ・レイントリーとつき合っていくのは、なまやさしいことではない。思念で他人を意のままに動かす力がなかったとしても、彼との関係を維持するのは大変だろう。ダンテがローナの意志を尊重する気にならなければ、ふたりの関係は、囚人と看守のようなものになってしまう。「わたしはあなたと対等でいたいの……それが無理なら、さよならするわ」

ダンテの心の内を探るのは、たやすいことではなかった。それでも、彼が主導権を失いたくないと思っていることは、ローナにもわかった。頭では彼女の主張を理解できても、本能的には、彼女を自分のものとして支配したいと思っているのだ。

「わたしを対等のパートナーとして認めてくれる？　それとも、ここでお別れしましょうか？」ローナはリングにあがったボクサーのように敢然とダンテに立ち向かった。「あなたにマインド・コントロールされるのは、もういや。わたしはあなたの敵ではないのよ。

そろそろわたしを信じてくれてもいいころだわ。あなたはわたしを永遠に束縛するつもりなの？」

「永遠に束縛するつもりはない」ダンテが歯噛《が》みして言った。「ぼくはただ――」

「ただ――どうするつもりだったの？」

「きみがぼくのそばにいたいと思うようになるまで、無理にでも引き止めておきたかったんだ」

ローナは口元をほころばせ、ダンテの黒髪にうずめていた両手を握りしめた。「もう、あなたのそばにいたいと思っているわ」そう言って、彼の顎にキスをする。「でもいつか、あなたのもとを離れたいと思う日が来るかもしれない。未来は誰にもわからないわ。わたしがあなたのもとを去る日が来たら、黙って見送ってほしいの。あなただって、わたしと別れたいと思うようになるかもしれない。だから、今ここで約束してほしいの。二度とわたしをマインド・コントロールしないって」

ダンテは彼女の言葉に怒りを覚えたらしく、いらだたしげに歯ぎしりした。ダンテに過大な要求をしていることは、ローナにもわかっていた。自分が持っている力を行使せずにいるのは、男としても、レイントリー一族の長としても、我慢ならないことだろう。ダンテが住む世界はふたつあった。普通の人々が暮らしている社会でも、サイキックたちの社会でも、彼はボスだった。ダンテがレイントリー一族の長でなかったら、これほど独裁的な性格にはならなかったかもしれない。だが、現実は変えられない。レイントリー一族にとって、ダンテは絶対的な権力を持つ王なのだ。

ダンテがローナの体から唐突に手を離し、険しい目をして後ろにさがった。「どこへでも好きなところへ行くといい」

ローナは自分を突き放した彼に文句を言いたいのを我慢した。ダンテは今、なんと言ったの？「あなたはわたしに許可を与えてくれたの？　それとも、命令したつもり？」

「きみが望んでいた約束をしたつもりだ」

ローナは息をするのもままならなくなった。震える唇を引きしめて、言葉を口にしようとしたとき、ダンテが片手をあげてさえぎった。

「ひとつだけ、言っておきたいことがある」

「何？」

グリーンの瞳が燃えるように輝いた。「きみがもしここにとどまるなら……行き着くところまで行くことを覚悟してくれ」

もっともな警告だ、とローナはくらくらする頭で考えたが、体は期待に震えていた。

「わたしはここにとどまるわ」彼女はかろうじてそう言うと、半歩前に出た。

ダンテは今まで抑制しつづけていたエネルギーを一気に解き放ったように行動を起こした。ローナが自由を得たように、彼もまた解放されたのだ。ダンテは彼女を抱きあげて寝室へ運んでいった。彼の動きが速すぎて、ローナはめまいがしそうだった。時間をかけて相手を魅了する段階は終わり、お互いの欲望をぶつけ合う段階に入ったのだ。ダンテはローナをベッドの上に投げ出すと、その体に覆いかぶさり、彼女の服を荒っぽい手つきで脱がせはじめた。ローナも自分で服を脱ごうとしたが、手が震えて思うように動かなかった。ローナが彼のシャツのボタンと格闘しているあいだに、彼はローナの靴とジーンズを脱がせてしまった。そして、彼女が彼のジーンズのジッパーをおろすのに苦労しているあいだに、彼女の下着を引きおろした。

ダンテは自身のジーンズと下着を一緒におろし、足で蹴《け》るようにして脱ぎ捨てた。ローナは彼の欲望のあかしにふれようとして手をのばしたが、ダンテは彼女をベッドに倒し、重い体で組み敷いた。そして、ローナのなかに荒々しく分け入って、強く、激しく、深々と彼女をとらえた。

ローナは腰を浮かせて彼を受け入れたが、その衝撃の大きさに驚いて、思わず声をあげてしまった。ダンテを包む欲望の炎が、彼女の体の内と外を熱く燃えあがらせた。ローナはダンテに何度となくつらぬかれながら、かろうじて言った。「コンドームをつけて」

ダンテが悪態をつきながら身を引いて、ベッドサイド・テーブルの引き出しを開けた。あせって封を切ったためにコンドームが破れたのだろう。ダンテはさらに悪態をつき、はやる気持ちを抑えつつ、ふたつめの封を切った。ようやくつけ終えると、彼はふたたび彼女のなかに身を沈め、しなやかな体をしっかりと抱き止めた。ふたりが官能の高みへ上りつめたとき、ほっとするような感覚が押し寄せてきた。ローナの瞳から涙があふれた。それは、クライマックスというよりも……完全なる解放だった。その瞬間、ローナはすさまじい苦悩から解き放たれて、真に満たされたような気がした。一瞬のうちに、心の空洞が消えてなくなったような、深遠な感覚が彼女をとらえた。

ローナは満たされ、これまで自分がいかにうつろだったかに気づき、どれほど飢えを感じていたかを思い知らされた。

ダンテはマットレスに両手をついて体を起こすと、いったん腰を引いてから、ふたたびゆっくりと彼女の奥深くまで身を沈めた。「泣かないで」ダンテがささやくように言いながら、涙に濡《ぬ》れたローナの顔に唇を押しあてた。

「泣いてなんかいない。ちょっとした水もれよ」

「なるほど」

ダンテはわかったような口のきき方をしてから、ローナと視線をからませた。そして、腰を前後に揺らしながら彼女の官能を刺激して、さらに深みへと分け入った。ローナはリラックスすると同時に、神経をはりつめていた。ダンテに置き去りにされることはないと思うと、安心感がこみあげてきたが、つのりゆく快感とともに緊張が高まっていった。

その瞬間は、驚くほど早くやってきた。届きそうで届かないもどかしさを味わっている暇はなかった。快感の大波が押し寄せてきて、ローナをさらっていったのだ。彼女のあとを追うように、ダンテも一気に自分を解き放った。

　ローナは呼吸が落ち着くまで待ってから、閉じていたまぶたを開けた。彼女の目に最初に映ったのは炎だった。寝室に置かれたすべてのキャンドルに小さな火がともっていた。

「きみはなぜ、自分が持って生まれた力を否定しつづけたんだ？」

　ふたりは手足をからませてベッドに横になっていた。ローナはダンテの肩に頭をのせていたが、怒濤《どとう》のように押し寄せてきた快感の名残は、まだ消えずに残っていた。長いこと、ふたりは快感の余韻にひたりながら、なにも言わずにお互いの体を優しく撫でつづけた。言葉はいらなかった。ふれ合うだけで、安心と慰めと静かな喜びを得ることができたのだ。

　ローナは吐息をついた。このとき初めて、不幸な少女時代が少し遠ざかったような気がした。「答えなくてもわかるでしょう？　よくある話だから、聞いたってつまらないわよ」

「それでもいいから聞かせてくれ」

　ローナは彼の肩に頭をもたせかけたまま口元をほころばせた。ダンテがあまり深刻に受け止めなかったことがうれしかった。それでも、彼女の口元に浮かぶほほえみは、すぐ消えてしまった。置き去りにされてから十五年たった今でも、母親の話をするのは、つらいことだった。この先も、母親の話を平気でできるようになるとは思えなかったが、当時の苦しみや恐怖は身近なものではなくなった。

「わたしより悲惨な家庭で育った子供は、いくらでもいるわ。母がわたしを中絶しなかったのは、母子家庭に支払われる援助金がほしかったからなの。毎月、郵便で小切手が届くたびに、母はわたしに向かって言ったわ。〝あんたが生きていられるのは、これのおかげだよ〟って。母は援助金のすべてを、酒と麻薬につぎこんでいたの」

ダンテはなにも言わずに唇を引きしめた。

ローナは彼の肩にのせた頭をずらし、たくましい体に身を寄せて、心地よいぬくもりにひたった。ダンテが体から熱を発散しているような気がしたのは、彼女の思い過ごしではなかったのだ。「母の平手打ちをくらうのは、日課のようなものだったわ。母はなにか気に入らないことがあると、手近にあるものをつかんで、わたしに投げつけたの――カップであろうと、空のワイン・ボトルであろうと、缶切りであろうと、おかまいなし。缶入りのチキン・ヌードル・スープをぶつけられたこともあったわ。そのときは缶が頭に当たって失神してしまったの。何日も頭痛に悩まされたわ。チキン・ヌードル・スープも食べさせてもらえなかった」

「きみはそのとき、いくつだった？」

「たしか……六つだったわ。ちょうど小学校に通いはじめたころよ。わたし、数字について新しい知識を得るたびにうれしくなって、誰かにそのことを話さずにはいられなかったの。わたしの家族は母だけだった。母はわたしが怪我《けが》をした理由を小学校の担任に尋ねられて、こう言ったわ。〝この子は道で転んで、歩道に頭をぶつけたんです〟って」

「里親に育ててもらったほうがよかったな」ダンテがうなるように言った。

「実際、十六のときから里親のもとで過ごしたわ。ある日突然、母が蒸発してしまったの。母はわたしを愛してくれなかったけれど、十六で置き去りにされたときは、心にぽっかり穴があいたような気がしたわ。どうしようもない母親でも、たったひとりの肉親だったから。十六になったわたしは、ひとりでも生きていけたわ。でも、幼いころは……どんなにひどい目に遭わされようと、肉親というものにすがりつかずにはいられないのよ。わかるでしょう?」ローナはそこでため息をついた。「〝ぼくの子供を産むのさ〟とあなたに言われたとき、過剰な反応を示したことは悪かったと思っているわ。わたし、子供の話になると、つい頭に血が上ってしまうの」

　ダンテがかすかに口元をほころばせた。「今度は落ち着いて聞いてくれ。あのときも、ぼくは冗談を言ったわけじゃないんだ。ごく普通の女性でも、レイントリー一族の男の子供を産むと体質が変化して、レイントリー一族と同化してしまうんだ。なぜそうなるのかはわからない。おそらく、ホルモンの分泌とか、血の交わりとか、赤ん坊が優性の遺伝子を持っていることなどが母体に影響を与えるんだろう。妊娠と出産によって、母親の体質が変わることを科学的に説明するのは無理かもしれない。魔法は非論理的なものだからな」

ローナはダンテの話に興味を引かれた。レイントリー一族そのものに関心を抱いたと言っていいだろう。彼らは普通とは違う世界の住人で、普通とは違う人生を歩んでいる。にもかかわらず、一般社会にとけこんで生活していた――世間は彼らの存在を知らない。もしも世間が彼らのことを知ったら、彼らは異端視され、存亡の危機に直面するかもしれない。ローナは世間の厳しさをいやというほど知っていた。「普通の男性が、レイントリー一族の女性に子供を産ませた場合はどうなるの？」

「どうにもならない」ダンテが言った。「男の体質は変化しないんだ」

「それは不公平だわ」ローナは思ったことを口にした。

ダンテが肩をすくめた。「人生なんて、そんなものさ。肝心なのは、どう生きるかだ」

ダンテは真理を語っていた。ローナは人生の切り開き方を知っている。自分が今、最高に幸せであることもわかっているつもりだった。

十あまりのキャンドルに火がともっているせいか、室内がしだいに暑くなってきた。ローナはあたりを見回して、ダンテとキャンドルの炎に密接な関係があることに気づいた。火を恐ろしいと思う彼女の気持ちは変わらないだろう……。だが、非の打ちどころのない人生などありはしない。問題は自分で処理しなければならないのだ。

「キャンドルの火を消してもらえる？」

ダンテが枕《まくら》から頭をあげて、室内に置かれたキャンドルに目をやった。そのとき初めて、彼はキャンドルに火がともっているのに気づいたようだった。「ああ、すぐに消すよ」

その言葉どおり、キャンドルの火が消えた。

ローナはダンテの体に覆いかぶさり、その唇にキスをしたが、彼の欲望がふたたび頭をもたげるのを感じて口元をほころばせた。

22

水曜日　朝

ローナはどこへも行かなかった。

ダンテはデッキで日の出を眺めてから寝室にもどった。一緒に自宅へ帰り、彼のベッドで安らかに眠っているローナを見ると、心に大きな満足感が広がった。彼女は頭の半分だけ外に出して寝ている。目にもあざやかなダーク・レッドの髪が、白い枕《まくら》の上に広がっていた。今までずっと、シーツを頭からかぶって寝ていた彼女が、頭半分だけでも外に出していることには、大きな意味があった。

ローナが抱えていた不安がやわらいだのだ。といっても、安心しきって眠っているわけではない。ふたりでいるとき、ローナはゆったりと体を伸ばし、ダンテに寄りそって眠りについた。だが、ダンテがベッドを離れると、五分とたたないうちに、胎児のように体を丸めた。いつの日か――今週は無理としても、一カ月後か一年後には――ふとんから完全に頭を出し、手足を伸ばして眠っている彼女の姿を見たいものだ、とダンテは思った。そうなったとき初めて、ローナは不安から解放されたと言えるだろう。

そして、つねに彼女の居場所を確認しないですむようになったとき、ダンテの不安も一掃されるはずだった。

今もローナの居場所をいちいちチェックしているわけではない。誇りある男として、そんなまねはできなかった。とはいえ、突然ローナが姿をくらましてしまうのではないかという不安はぬぐいきれなかった。

その日、ローナはダンテと行動をともにしなかった。ジャガーの新車を受け取るために家に残ったのだ。引き渡しが無事に終わったという電話が営業マンから入ったものの、ローナからはなんの連絡もなかった。その日の朝のうちに、ダンテは彼女の車――ところどころへこみのある、くすんだ赤色のカローラ――を自宅へ運ばせた。ローナは車という移動手段を得て、かなりの現金も持っていた。彼女がダンテのもとを去る気になったとしても、引き止めることはできなかった。そう約束したのだから。

ローナが家にいるかどうか、電話をして確かめたいとダンテは思ったが、実際にはそうしなかった。彼女は電話で彼と話したあとで出ていくかもしれない。彼女がいることを電話で確認しても意味はなかった。ダンテにできたのは、ローナがどこへも行かずにいてくれるよう祈ることだけだった。

ダンテは仕事を早めに切りあげて帰宅を急いだりしなかった。なにがあろうと、仕事をほうり出すわけにはいかないのだ。

夏の太陽が沈みかけたころ、ダンテはようやく家路についた。私道を抜けて母屋に近づくと、ガレージにローナの車が入れてあるのが見えた。ジャガーの新車は、ガレージの外で西日と強風にさらされていた。ダンテはロータスを駐車スペースに入れながら、安堵《あんど》の胸を撫《な》でおろした。はりつめていた神経がゆるんだために、体から力が抜けたようだった。ジャガーの新車はどうでもよかった。ローナの車がそこにあるのを見ただけで、彼は満足だったのだ。

ローナはキッチンの戸口に立ってダンテを出迎えた。短くカットされたジーンズの上に、彼のシルクのシャツを着こんだ彼女の機嫌は、あまりよくなかった。「今、何時だと思っているの？　八時半よ。わたし、おなかがすいて死にそうだわ。毎日、こんなに遅い時間まで仕事をするの？　今夜の夕食はどうするつもり？」

ダンテは笑いながらローナに飛びかかり、ほんとうはなにが食べたいのかを身をもって示してみせた。そのあと、ローナがやっと食べ物を口にしたのは、午後十時を過ぎてからだった。

木曜日、ローナはダンテとともに〈インフェルノ〉へ行った。営業再開に向けた作業は、すさまじいペースで進んでいた。焼失したカジノの再建にとりかかるため、ブルドーザーで瓦礫（がれき）を撤去し、さらに地にする許可もとってあった。しなければならないことがありすぎて困ったダンテは、ローナに仕事を手伝ってもらった。警備主任のアル・レイバーンに指図しているローナを見るのは、愉快なことだった。立場が逆転しても、楽天的なアルはなんとも思っていないようだったが、ローナはすっかりご満悦だった。ダンテはそんな彼女を見てうれしくなった。

ランチ・タイムになると、ダンテはローナと一緒に専用スイートへ行き、情熱に身をまかせて、部屋じゅうのキャンドルに二度も火をつけた。

金曜日、ローナはダンテとは別行動をとった。多忙な一日を終えて帰宅した彼は、ローナの車がガレージに入れてあるのを見て、水曜日と同じ安堵感を味わうとともに、ひとつの真実を見いだした。

ぼくはローナを愛している。彼女との関係は本物だ。セックスだけのつながりでも、つかのまの情事でもない。ぼくはローナの勇気と度胸を愛している。無愛想で怒りっぽくて頑固なところも大いに気に入っていた。そして、彼女がひた隠しにしている傷つきやすさも、愛《いと》おしいと思っている。

ダンテが本気で女性を愛したと知ったら、ギデオンは大喜びすると同時に、ほっとするはずだ。将来、ふたりのあいだに子供が生まれれば、ギデオンは次の一族の長の座からしりぞくことができる。

ローナへの愛の深さを確認したダンテの胸はしめつけられるようだった。土曜の夜、彼はいつものようにベッドに入ってコンドームをつけたあと、自分が避妊を望んでいないことを悟った。ローナも彼のためらいに気づいたはずだ。ダンテはなにも言わずにコンドームをとりのぞき、ローナの目をじっと見た。彼女が妊娠の危険を防ぎたいと言えば、つけなおすつもりだった。

ローナは手を伸ばして彼を抱き寄せ、無言で自分のなかへと導いてくれた。今、そのあとの濃密な三十分間のことを思い出すだけで、ダンテはすっかり熱くなり、ベッドのかたわらに置かれたキャンドルに火をつけてしまうほどだった。

今日は夏至だった。体内にパワーがみなぎり、自分さえその気になれば、世界じゅうを熱く燃えあがらせることもできそうだった。ダンテはローナを組み敷いて、自分のすべてを彼女のなかへそそぎこみたいと思った。だがその前に、まじめな話をする必要がある。昨夜、避妊せずに愛を交わしたことについて、ローナとじっくり話し合わなければならない。

ダンテはベッドの端に座ってキャンドルの火を消した。キャンドルに最初から火がともっていたら、自制心の揺らぎを知ることができない。ローナとの話し合いで感情が高ぶる可能性が大いにあるので、用心に用心を重ねる必要があった。

ダンテはシーツの下に片手をさし入れ、ローナの太腿にふれた。

「ローナ、起きてくれ」

彼女はいつものように身をこわばらせたが、すぐに緊張を解き、眠そうな目を片方だけ開けて、シーツの端から彼をにらんだ。「どうして起きなければならないの？　今日は日曜なのよ。ゆっくりさせて」

ダンテはシーツを引きおろした。「起きるんだ。朝食を用意したから」

「見えすいた嘘《うそ》をつかないで。デッキで朝食の支度ができるはずがないわ」ローナがシーツを頭からかぶった。

「なぜぼくがデッキに出ていたことを知っているんだ？　今まで眠っていたんだろう？」

「眠っていたわけじゃないわ。ベッドで体を休めていたのよ」

「食事だって休息になる。おいで。絞りたてのオレンジ・ジュースとコーヒーを用意したんだ。ベーグルも焼いておいた。朝日は最高にすばらしいぞ」

「そう思うのは、あなただけよ。日曜の朝の五時半に起きて朝食をとるなんてごめんだわ。一週間に一日ぐらい、夜明けとともにベッドから引きずり出されずにいたいのよ」

「来週の日曜は早起きしないでいい。約束だ」ダンテは彼女とシーツの奪い合いをするかわりに、ふとんの下に手を入れて、彼女のお尻をつねった。

ローナは悲鳴をあげて飛び起きると、痛そうにお尻をさすった。「このお返しに、地獄の苦しみを味わわせてあげるわ」彼女は乱れた髪を顔からはねのけ、憤然とした足取りでバスルームへ向かった。

ダンテは地獄の苦しみを味わう覚悟を決め、にやりとしてデッキへ引き返した。

五分後、彼の厚手のローブをはおってバスルームから出てきたローナは、まだ機嫌の悪そうな顔をしていた。ローブの下にはなにも着ていないので、彼女が向かいの椅子に腰をおろしたとき、ダンテは目の保養をすることができた。大きくあいた胸元から、ゴールドのチェーンにぶらさがった護身用のお守りがのぞいている。

それは、水曜の夜にこのデッキでダンテが作って彼女に渡したものだった。興味津々で見守っていたローナの前で、ダンテはお守りを両手で包みこみ、熱い息を吹きかけながら、古代ケルト語の呪文《じゅもん》をとなえた。その瞬間、お守りが緑色のほのかな光に包まれた。ダンテが護身用のお守りにチェーンをつけて首にかけてやると、ローナは泣きそうな顔をして、それをいじっていた。あの夜からずっと、彼女の首にはダンテの手製のお守りがぶらさがっている。

ローナはダンテにたたき起こされてむっとしていたが、ベーグルをふた口ほど食べると、かなり機嫌がよくなった。ダンテは彼女がベーグルを食べ終え、グラス一杯のオレンジ・ジュースを飲みほすまで待ってから、肝心な話を切り出した。「ぼくと結婚してくれないか?」

ローナが示した反応は、ダンテが〝ぼくの子供を産むのさ〟と言ったときと似たようなものだった。彼女は真っ青になってから真っ赤になって、はじかれたように立ちあがると、デッキの手すりに駆け寄って背を向けた。ダンテは女性経験が豊かだったが、ローナのことは特によく理解していた。だから、言いたいことだけ言って、彼女をここに置き去りにするつもりはなかった。彼女を抱きしめるのではなく、背中からそっと包みこむようにして、手すりに置かれていた彼女の手をてのひらで覆った。

「そんなにむずかしい質問だったかな？」ローナの肩が大きく揺らぐのがわかって、ダンテは急に心配になった。背中を向けて立っていた彼女をこちらに向かせると、涙が彼女の頬を濡《ぬ》らしていた。「ローナ？」

彼女は声をあげずに、唇を震わせて泣いていた。「ごめんなさい」ローナはそう言い、涙に濡れた顔をぬぐった。「ばかみたいよね。でもわたし――今まで誰にも必要とされたことがなかったから」

「それはどうかな。きみはただ、必要とされていることに気づかなかっただけさ。ぼくは一目見た瞬間にきみがほしくなったんだ」

「肉体的に必要とされたことがないと言ったわけじゃないわ」ローナの瞳から涙がまたひとしずくこぼれ落ちた。「わたしをやっかい者あつかいしないで、そばにいてくれる人がいなかったと言いたかったのよ」

「愛してる」ダンテは優しく言いながら、声にならない声でローナの生みの母親をののしった。ローナがつねに不安を抱き、自分は誰にも愛されないやっかい者だと思いつづけてきたのは、無責任な母親のせいだった。

「わかっているわ。あなたを信じてる」ローナは嗚咽《おえつ》をのみこんだ。「あなたがジャガーを大破させてまで、わたしを守ろうとしてくれたとき、大切にされてるって気づいたの」

「車は買い替えがきくからな」

「あのときはっきりと悟ったの。あなたに捨てられないかぎり、自分からは出ていけないって。わたしはただ、肉体的にあなたに惹《ひ》かれているだけだと思いこもうとしたけれど、自分に嘘はつけなかった。わたしにとって、誰かを愛するのは、死ぬほど恐ろしいことだったのに」ローナは涙をこぼしつつ、震える声で笑った。「たった二日で、あなたはわたしをだめにしたのよ」

ダンテは鼻のわきを指でこすった。「ふたりで過ごした時間は長くなかったが、それなりに充実していたんじゃないかな」

「充実していた?」ローナが唖然《あぜん》として彼を見た。怒りのために涙も乾いたようだった。「あなたはわたしをさんざんな目に遭わせたのよ。燃えさかる火のなかへ連れていったり、わたしの頭をこじあけてみたりしただけじゃないわ。わたしが着ていた服を引き裂いて、ここに監禁したのよ!」

「ふたりで満ちたりた時間を過ごしたとは言ってない。それにしても、きみは表現力が豊かだな。〝頭をこじあける〟なんて言い回しは、ぼくにはとうてい思いつかないよ」

「前に、〝精神的なレイプ〟という言い方が気に入らないと文句を言ったわよね。でも、実際に被害を受けたわたしのほうが、あなたより的確に表現できるはずよ」

「だろうな。だが、自発的にパワーを融合させれば、なにも問題は――」

「なんですって？　あんなことを自発的にする人がいるの？」

「やり方を間違えなければ大丈夫だ。自分のパワーを増幅させる必要が生じたら、協力してくれそうな相手を探せばいい。ギデオンとぼくは、〈安息の地〉へ帰るたびにマーシーと三人でパワーを融合させて、一族の本拠地をシールドで覆っている。時間はかかるが、正しいやり方をすれば、苦痛はないんだ。そんなことより、さっきの質問に――」

「相手の許しを得る前にパワーを融合させてはならないって決まりはないの？」

「それは――ない」

「あなたたちレイントリー一族は、無断で他人の頭に押し入っても処罰されないってこと？」

ダンテはいらいらしてきた。ローナはぼくのプロポーズに応《こた》えるつもりがないのだろうか？「そうは言ってない。そもそも、相手の許しを得ずにパワーを融合させられるほど強大な力を持つ者は、ひと握りしかいないんだ」

「あなたはそのひとりってわけ」ローナが辛辣《しんらつ》に言った。「すばらしい運命の巡り合わせだわ」

「具体的に言うと、相手の許しを得ずにパワーを融合させられるのは、一族でも直系の家に生まれた者だけだ。ぼくはさっき、その家に入る気があるかどうか、きみに尋ねたんだ。いいかげんに返事を聞かせてくれ!」

ローナの表情豊かな顔に、輝くような笑みが浮かんだ。「答えはイエスよ。決まってるじゃない。ノーと言われると思ったの?」

「きみは予測不可能だからな。きみがこの家にとどまったときから、愛されているような気はしていた。だが、ゆうべ……」ダンテはローナの顎を指で軽くはじいた。「避妊具をつけろと言われなかったことで、きみに愛されていると確信したんだ」

ローナが奇妙な表情をたたえて彼を見た。

ダンテは警戒心を刺激された。「どうかしたのか?」ローナは急に吐き気に襲われたらしく、真っ青になっていた。

ローナが眉をひそめながら腕をさすった。「寒くてたまらない。ハイウェイで感じたのと同じ――」ローナの言葉がとぎれた。彼女は恐怖に目をみはり、ダンテに体ごとぶつかっていった。驚いたダンテは彼女を抱きとめはしたものの、バランスを失って、彼女もろともデッキに倒れてしまった。その直後、ふたりの背後にあったフレンチドアのガラスが砕け散り、一発の銃声が山々にこだました。

ライフルで狙撃《そげき》されたのだ。

　ダンテがローナを抱えるようにして立ちあがり、破壊されたフレンチドアから寝室へ飛びこむと同時に、二発めの銃声が響き、さっきまでふたりがいた場所に弾丸がめりこんだ。ダンテは彼女を抱いたまま床を転がって壁から離れると、すかさず立ちあがって、彼女を寝室から廊下へ引きずり出した。「伏せているんだ！」ダンテは起きあがろうとしたローナを上から押さえつけた。

　ダンテの頭が、めまぐるしく回転しはじめた。最初はカジノの火事だった。それから、ハイウェイでストリート・ギャングの銃撃戦に巻きこまれ、ローナとぼくは九死に一生を得た。今度は、何者かがライフルでぼくを狙撃した。三つの事件は偶発的な事故ではなく、なんらかの関連性があるとしか思えない。火災現場に放火の痕跡《こんせき》はなかった、と消防署長は言っていた。とすると……。

　炎の使い手なら、火をつけて、燃え立たせる必要はない。単独か、あるいは数人で、火の気のないところで炎をともし、それを増幅できる。ぼくがカジノに広がった火を消せなかったのは、サイキックたちが炎をあおっていたからだろう。避難誘導のためにマインド・コントロールを使ったり、ローナに疑いをかけたりしなければ、すぐに正しい答えにたどりつけたはずだった。

　すべてはアンサラ一族の陰謀だ！　ダンテは激しい怒りを覚えた。おそらく、アンサラの血を引く者が何人か集まって、ぼくを焼き殺そうとしたのだろう。彼らはぼくが最後の最後まで炎に挑みつづけることを知っていたのだ。もしもあのときあの場所にローナがいなければ、ぼくは連中のもくろみどおり、炎との闘いに敗れて死んでいたはずだ。彼らにとって、ローナの登場は想定外の出来事だったにちがいない。

ローナを何度も襲った異様な冷気は――アンサラの手の者が近くにいることを意味していたのだ。

「あなたの額に赤い点が見えたの」ローナは言った。だが、歯がかちかち音をたて、しゃべるのもやっとだった。ダンテの膝に背中を強く押さえつけられているせいもあってか、うまく話せない。

赤い点が見えたのなら、スナイパーがレーザー照準装置を使ったということだ。敵は用意周到な計画のもとにダンテを狙撃したようだった。

だが、暗殺は失敗に終わった。アンサラ一族は、次にどんな手を打ってくるだろう？この家は複数の敵に囲まれているにちがいない、とダンテは思った。ライフルで狙撃しただけで、連中が引きさがるはずはなかった。だが、彼らがもう一度、ぼくを焼き殺そうとするとは思えない。連中はカジノでの失敗に懲りているはずだ。とすると、どんな手段を講じてくるだろう？

敵がどんな手を使ってこようとも、ローナを守り抜かなければ。

「ここでじっとしているんだ」ダンテは彼女に命じて立ちあがった。

ローナがあわてて起きあがった。

「じっとしていろと言ったのが聞こえなかったのか！」ダンテはどなってふりかえり、彼女の腕をつかんで床にねじ伏せた。マインド・コントロールをして、この場から動けないようにしてやろうかと思ったが、彼女と交わした約束を破ることはできなかった。

「警察に通報しようと思ったのよ！」ローナは手荒い扱いを受けて激怒していた。

「通報しても無駄だ。これは普通の警官に処理できる問題じゃない。ローナ、きみはここにいてくれ。我々の争いに巻きこみたくないんだ」

「〝我々〟って誰と誰のこと？」階段をめざして駆けだしたダンテの背中に向かって、ローナは叫んだ。「あなたはなにをするつもりなの？」

「目には目を、火には火をだ」

この時点で、ダンテはすでに優位に立っていた。ここは彼の家であり、所有地なのだ。ダンテが知らないことはなにもなかった。レイントリー一族の長であるダンテは、慎重を期して、自宅の地下に掘ったトンネルを抜けて外に出た。敵がレーザー・スコープを使って狙撃してきたとき、彼自身がいた場所はわかっているので、スナイパーがいる地点を割り出すのは簡単だった。

そこにいるのはスナイパーひとりで、ほかの人間がいる気配はなかった。

ダンテはスナイパーを生け捕りにするつもりもなければ、顔をつき合わせて殴り合いをするつもりもなかった。巨大な猫のような身のこなしで谷を登っていくダンテの目には、殺意が宿っていた。アンサラのスナイパーは、岩がごろごろしている地点にひそんでいるはずだ。ライフルを岩の上に固定すれば、狙撃する際に照準がぶれずにすむ。その谷には、身を隠せる場所がいくらでもあった。敵は難なくここまで侵入できたはずだ。

ここからなら、脱出も容易だろう。

ダンテは滑るような足取りで、切り立った崖《がけ》の陰からスナイパーの正面に出た。その男は砂漠用の迷彩服を着て、ライフルを構えていた。ダンテはすかさず行動を起こした。とたんにライフルを撃とうとした男の体が炎に包まれた。

恐ろしい悲鳴が谷に響き渡った。男はライフルを手から落とし、火を消そうとして地面をのたうちまわったが、ダンテは炎の勢いを弱めようとはしなかった。ローナの命を奪っていたかもしれない男に、かける情けなどありはしない。数秒後、男の悲鳴が獣じみた咆《ほう》哮《こう》になり――やがて、静寂が訪れた。

ダンテは燃えさかる炎を消した。

まだくすぶっている男の体は、かろうじて人の形をとどめていた。

ダンテはうつ伏せになっていた男の体を足で蹴《け》って仰向けにした。信じがたいことに、男にはまだ息があった。顔まで焦げた男は、憎悪をこめた目でダンテを見た。口があった場所にあいた穴がうごめいて、つぶれたはずの喉から、おぞましい声がもれた。

「もう、手遅れだ。もう、手遅れだ」

男の命が絶える。断末魔のショックが体を襲い、心臓が動きを止めた。ダンテはその場に立ちつくし、必死に考えをめぐらせた。

手遅れ？　なにが手遅れだというんだ？

アンサラのスナイパーの体を足で蹴ったとき、ダンテは死の苦しみを味わっていた男の、憎しみに満ちた心をのぞくことができた。

〝もう手遅れだ〟

〝今から妹に警告しても、もう遅い〟

「くそっ」ダンテは小声で悪態をつき、猛然と走りだした。

ローナはダンテに言われたとおり、家のなかで冷蔵庫の横にうずくまって待っていた。ダンテはものすごい勢いでキッチンに駆けこみ、そこにあった電話をつかんだ。まず妹のマーシーに電話してから、弟のギデオンに連絡した。ギデオンのほうが、自分より早くマーシーのもとへ駆けつけることができるからだ。

今日は夏至で、ギデオンが発散している電気的なエネルギーも頂点に達するはずだった。

そのため、ギデオンが電話に出ても雑音がひどく、会話がなりたたなかった。

「今すぐマーシーのもとへ行け！」ダンテはギデオンに通じるよう祈りつつ、大声で言った。「〈安息の地〉がアンサラ一族に襲撃される！」ダンテは受話器をたたきつけるようにして置くと、思案をめぐらしながらガレージに通じるドアを開けた。

カジノ・ホテル用のジェット機で飛べば、四時間で〈安息の地〉の近郊にある空港に到着する。機内でもう一度、ギデオンに連絡してみよう。

二百年前、アンサラ一族はレイントリー一族を根絶やしにしようとして失敗した。彼らはふたたび、二百年前と同じ暴挙に出ようとしている。へたをすれば、今度は〈安息の地〉を守りきれないかもしれない。〈安息の地〉には、マーシーとその娘のイヴがいる……。

「どこへ行くつもり？」ロータスに乗りこもうとしたダンテに、ローナが問いかけた。

「きみはここにいるんだ！」ダンテは命令口調で言うと、ロータスをバックでガレージから出した。ローナを〈安息の地〉に近づけるわけにはいかない。ぼくはアンサラ一族との闘いで命を落とすかもしれないが、ローナにはどんなことがあっても無事でいてほしい。ダンテにはそうする義務があった。

「置いてきぼりなんて冗談じゃないわ」ローナは腹立たしげにつぶやきながら着替えをし

た。

問題を処理する能力があるのは、ダンテだけではない。ダンテは超能力を持つ敵との闘いからわたしを遠ざけておきたいようだけれど、いずれ、すぐに自分が間違っていたと思い知ることになるのだから。

＊本書は、2008年7月に小社より刊行された作品を文庫化したものです。

mira

ホテル・インフェルノ

2019年11月15日発行　第1刷

著　者　リンダ・ハワード
訳　者　氏家真智子《うじいえまちこ》
発行人　フランク・フォーリー
発行所　株式会社ハーパーコリンズ・ジャパン
東京都千代田区大手町1-5-1
03-6269-2883（営業）
0570-008091（読者サービス係）
印刷・製本　中央精版印刷株式会社

この書籍の本文は環境対応型の植物油インクを使用して印刷しています。

Printed in Japan

ISBN978-4-596-91807-9

mirabooks

ためらう唇

リンダ・ハワード
加藤洋子 訳

ボウのもとに、十数年音沙汰のなかった元義兄から突然連絡が入る。銃撃で重傷を負った特殊部隊リーダーのモーガンをしばらく匿ってほしいと頼まれ…。

吐息に灼かれて

リンダ・ハワード
加藤洋子 訳

突如危険な任務を遂行する精鋭部隊に転属を命じられたジーナ。素人は足手まといだ、と屈強なリーダーのリーヴァイに冷たく言われたことで心に火がつき…。

カムフラージュ

リンダ・ハワード
中原聡美 訳

FBIの依頼で病院に向かったジェイを待っていたのは、全身を包帯で覆われた瀕死の男。元夫なのか確信を持てないまま、本人確認に応じてしまうが…。

誘惑の湖

リンダ・ハワード
新井ひろみ 訳

大企業に君臨するロバートは、傘下企業の国家機密プログラムを流出させた容疑者の女に近づく。美しい彼女を前に、ある計画を思いつき——不朽の名作!

幾千もの夜をこえて

リンダ・ハワード リンダ・ジョーンズ
加藤洋子 訳

気高く美しい女神レナと、冷酷な一匹狼の傭兵ケイン。決して出会うはずのなかった二人は、運命のいたずらによって5日間の逃避行をともにすることに…。

囚われのイヴ

アイリス・ジョハンセン
矢沢聖子 訳

死者の骨から生前の姿を蘇らせる復顔彫刻家イヴ・ダンカン。ある青年の死に秘められた真実が、新たな事件を呼びよせ…。著者の代表的シリーズ、新章開幕!

mirabooks

パンドラの娘

アイリス・ジョハンセン
皆川孝子 訳

〝声なき声〟が聞こえる美貌の超能力者メガンと、彼女を守りつづける男ニール。宿命の絆が強大な戦いを招く…ロマンティック・サスペンスの女王が登場！

野生に生まれた天使

アイリス・ジョハンセン
矢沢聖子 訳

動物の声を聞ける力を持ったがため、数々の試練にさらされてきたマーガレット。平穏な日々も束の間、謎の男によって過去の傷に向き合うことになり…。

暗闇はささやく

アイリス・ジョハンセン 他
瀬野莉子 訳

20年間、失明状態だったケンドラ。手術が成功した今、人間離れしたその聴覚と嗅覚を見込まれ、FBIから派遣されたアダムに捜査協力を求められ…新シリーズ開幕！

見えない求愛者

アイリス・ジョハンセン 他
瀬野莉子 訳

20年間盲目だったため鋭い洞察力を培ったケンドラ。新たな連続殺人に再びアダムと挑むことになるが、今度の事件の裏には彼女への深い執着心が…？

月光のレクイエム

アイリス・ジョハンセン 他
瀬野莉子 訳

20年の盲目状態から、驚異の五感を獲得したケンドラ。その手で処刑場へと送り込んだ殺人鬼が地獄から舞い戻り、歪んだ愛でケンドラを追い詰める…。

永き夜の終わりに

アイリス・ジョハンセン 他
矢沢聖子 訳

10年前、盲目のケンドラに視力を与えた奇跡のプロジェクト。突然失踪した恩人の医師をアダムと追ううち、その裏側にうごめく闇があらわになっていく。

mirabooks

心があなたを忘れても

マヤ・バンクス
庭植奈穂子 訳

ギリシア人実業家クリュザンダーの子を宿したマーリーは、彼にただの〝愛人〟だと言われ絶望する。しかも追い打ちをかけるように記憶喪失に陥ってしまい…。

後見人を振り向かせる方法

マヤ・バンクス
竹内 喜 訳

イザベラが10年以上も片想いをしているのはギリシア富豪一族の次男で後見人のセロン。だがある日、彼がどこかの令嬢と婚約するらしいと知り…。

一夜の夢が覚めたとき

マヤ・バンクス
庭植奈穂子 訳

楽園のような島のホテルで職を得たジュエルはその日、名も知らぬ男性に誘惑され熱い一夜を過ごす。だが彼こそがオーナーのピアズで、彼女は翌日解雇され…。

天使と野獣

ビバリー・バートン
辻 早苗 訳

人を癒やす力を持つジニーは命を救った麻薬捜査官サムに惹かれたが、彼は冷たく去った。だが6年後、狂信者に狙われたジニーの警護のため、サムが再び現れる。

裏切りの一夜

ビバリー・バートン
小山マヤ子 訳

デボラはかつて、ずっと好きだったアシュに純潔を捧げるも、その直後に彼は町を出た。11年後――密かに彼の子を産んでいたデボラの前に、アシュが現れる。

呪いの城の伯爵

ヘザー・グレアム
風音さやか 訳

盗みを働こうとした養父がカーライル城に捕らわれたと聞きカミールは青ざめた。その城には呪いがあるともっぱらの噂で、今は恐ろしい伯爵がおさめており…。